「我被稱為萬物之母。」
奧莉珍
精靈女王
「爸爸好帥～！」
艾倫
元素精靈
「我的女兒是世界第一。」
羅威爾
前英雄

「我也能看見精靈就好了。」
「你的女兒究竟是何許人也？」
「我想和家人在一起。」
拉比西耶爾
國王
賈迪爾
第一王子
索沃爾
羅威爾的胞弟

轉生後的我成了英雄爸爸和精靈媽媽的女兒 1

作者／松浦
插畫／keepout

Kadokawa Fantastic Novels

彩頁、內文插圖／keepout

艾倫

主角，元素精靈。外表是小孩，內心是大人（自認為！）。

奧莉珍

艾倫的母親，精靈女王。天真開朗，身材火辣的超絕美人。

羅威爾

艾倫的父親，前英雄。溺愛妻子奧莉珍和女兒艾倫。

索沃爾・凡克萊福特

羅威爾的胞弟。公爵世家凡克萊福特家當家。騎士團團長。

艾莉雅

索沃爾的戀人，和索沃爾有個女兒叫拉菲莉亞。

伊莎貝拉・凡克萊福特

羅威爾和索沃爾的母親，艾倫都叫她「奶奶」。

羅倫

凡克萊福特家能幹的總管，艾倫都叫他「爺爺」。

艾伯特

凡克萊福特家的護衛。騎士。以前是羅威爾的護衛。

拉比西耶爾・拉爾・汀巴爾

汀巴爾王國的腹黑王子。很中意羅威爾。

賈迪爾・拉爾・汀巴爾

12歲。拉比西耶爾的兒子（長男）。個性認真，態度溫和。

拉蘇耶爾・拉爾・汀巴爾

9歲。拉比西耶爾的兒子（次男）。非常崇拜英雄羅威爾。

艾齊兒・里爾・汀巴爾

王室強迫索沃爾迎娶的第二公主。愛浪費的人。

人物介紹
character

序幕

在某個地方，有個名叫汀巴爾的王國。

突然，在過著幸福日子的王國，出現了大量魔物。

驚慌失措的王國子民懇求國王拯救他們。

國王去拜託了全國最強的精靈魔法使。

精靈魔法使二話不說，和精靈一同前去擊退魔物。

然而，眼前出現了數量龐大的魔物。

這樣下去一定會輸，精靈魔法使用盡最後的力氣奮戰。

他拜託並肩作戰的精靈：

「把我的力量全部用完也沒關係，借給我妳的力量吧！」

「我明白了……」

並肩作戰的精靈非常喜歡精靈魔法使。

精靈不可能不答應他的請求。

今日就是他的死期，精靈忍著悲痛答應他的請求，解放力量瞬間擊退了許多魔物。

用盡力量的精靈魔法使倒下了。

一起作戰的夥伴們趕到他身邊。

但是，用盡力氣的他早已斷氣。

所有人都感到悲傷。

其中，最悲傷的人是精靈。

「我不會讓你死的……」

精靈流著淚，說要把他帶到精靈之國。

說要在精靈之國把他救活的精靈，和精靈魔法使一起消失了。

周圍的夥伴們愣住了，但仍把精靈魔法使託付給精靈，祈求他平安歸來。

然後經過幾年的時間。

和精靈一同離去的精靈魔法使仍未回到王國。

精靈魔法使成了拯救國家的英雄。

王國的人們，持續祈求著英雄平安無事。

第一話 「初次見面」

少女聽完這個國家最有名的繪本故事後，問了父親一句：

「英雄回到王國了嗎？」

「這個嘛，究竟如何呢？」

少女在父親抱著自己的手臂裡歪著頭。雖然父親笑著回答，少女卻不能信服。為什麼不正面回答她呢？

父親帶少女到鎮上的攤子買東西。這時，攤販大叔唸了繪本給她聽。

「還沒喔，英雄還沒回來。這個國家的人一直祈求他平安無事呢。」

攤販大叔對少女笑了笑。他透過故事，告訴一身旅行裝束的父女這個國家的事。

這本繪本的內容是根據真實故事寫成。

「啊～不好意思，謝謝你唸故事給我女兒聽。來兩根肉串吧。」

「喔，謝謝惠顧！」

父親推測大叔是為了販售商品才引起孩子的興趣，於是買了自己和孩子的肉串，然後把其中一根給了孩子。

「那，他有回來過嗎？」

少女小聲地對父親說，同時一口咬住肉串。

她閉嘴咀嚼看著父親，眼前的父親同樣咬住肉串，宛如逃離般轉過頭去，避開少女的視線。

*

大家好。不知什麼原因我投胎轉世，今年八歲，名叫艾倫。

沒想到我會經歷佛教所說的輪迴轉世。

投胎前，我在名為日本的國家當科學家，因此與宗教概念徹底無緣。

我在所待的研究所，主要進行新物質的發現與新素材的研究開發。

我一邊從事物質合成、測量、試做等各種工作，然後調查金屬化合物、電子類物質與有機傳導體等影響，以及解釋產生的現象等，並延續到下一項新發明。

雖是其他部門的事，不過新元素合成成功時，研究所的所有人員都振奮不已。

雖然到這裡我還有記憶，但是我完全不記得自己為何死去。

我隱約記得自己好像在研究所做什麼實驗。不眠不休地研究是家常便飯，我也可能是因為過勞而倒下。

雖然我是在30歲左右和研究結了婚的女人，但我只記得我的每一天都很充實。
嗯，回到文章的開頭，這個英雄故事就是剛才扭過臉去，我今世的父親的故事。
我的母親是初代女王奧莉珍。八年前，精靈與人類生下了我。
實際上，雖然父親陷入長眠，不過大約過了一年，他便醒來了。
醒來後不久，他聽了事情的大概就覺得累了，因為回去會有很多麻煩事，所以他暫時待在精靈界休養。他和締結契約的對象，我的母親精靈王相戀，並立下婚約。和我的母親精靈王結為夫婦使得父親半精靈化，由於這個原因，他無法控制力量。
他和精靈締結契約，有著原本向精靈王借來的力量。為了將此力量吸收並化為自己的力量，使之與他作為人類原本擁有的魔力混合時，引起了排斥反應而失控。
就這樣回到人界非常危險，在力量穩定之前他不能回到人界。
他在精靈界修行力量控制，後來我出生了，便一面撫養我一面修行。最後力量終於穩定下來，而維持至今。
這次為了讓父親的力量適應人界，他決定在人界修行，很快地過了幾個月。
沒錯，父親已經回到了這個國家。
為何父親的修行會有我這個小孩同行呢？這是因為，這也是我的修行。
精靈與半精靈生下的我，有著掌管轉生前戀戀不捨的專業領域的命運。

在我發覺我轉生了的時候，我太想證實曾研究的東西，以至於我作了個幾乎可以說「超級大」的弊。

滲入骨髓的研究精神讓我若對事物產生了興趣，就一定得做實驗。不做的話就會在意到睡不著。

這個事件發生在身為精靈界下任女王的我開始接受教育的兩歲。這件事我到現在都還在反省，不過身為研究者，我並不後悔。

精靈要實體化，需要有大精靈以上的力量。不過因為我擁有人類的血脈，所以原本就是人形，和人類以同樣的速度成長。

話雖如此，因為身為精靈的關係，我的身體還是比人類孩子的平均體格嬌小了一點。由於比起八歲女孩的平均身高矮了許多，我常常被誤認為只有五歲。

母親說，我大概生長到人類十五歲左右的體格就會停止成長了，但是與此相比，我的成長速度還是太慢了。她不禁為此感到疑惑。

這時我注意到了。或許是轉生前的我造成的影響，因為我以前是超級小不點。

……正如大家所猜測的，我是童顏貧乳……即使向異性告白，對方也會說只把我當成妹妹，或說因為一起走在路上會被當成罪犯，所以不想和我一起出門等等……這些說法令我有點心靈受創。

順便一提，我今世的母親是巨乳，大咪咪。從A開始數大概有到第八或第九個英文字

母。祈求老天，將來這個部分的遺傳基因一定要發揮作用。

可是父親總是笑著說，個頭小一點反而比較好，因為隨時都能抱起來。

然後我也想說算了，雙手高舉央求父親抱抱是我的日常。

成長幾乎停滯之後，會以幾十年、幾百年才長一歲的速度成長。我要花很長、很長～的時間去成長。

而身為精靈的力量，想必各位從艾倫(Ellen)這個名字就能猜到是取自「Element」。沒錯，就是元素。

我不知是因何緣故，轉生為元素精靈。

在精靈界生活的我和父親，差不多該到人界學習力量控制了。

可是，父親並不贊成回老家，原因就是開頭的「繪本」。變成英雄的父親回來一定會造成大騷動。

再加上還有我。如果我是精靈的事暴露了，我的力量恐怕會被人類濫用，也存在這樣的隱憂。

我戴上兜帽，遮住眼睛避免引人注目，和父親一起悠閒地在世界各地旅行。有時也加上母親，一起來個一日遊小旅行。

父親的外表相當俊美。如果不是體格健壯，或許會被當成女性。

他原本是栗子色頭髮加上藍眼珠，因為和母親結為夫婦，他變成了銀白色頭髮和紫色眼珠。

母親是白金色頭髮，紅色眼珠。父親原本的藍眼珠和母親的紅色混雜，才變成紫色的吧？

我的頭髮是遺傳父親的銀白色，眼珠是接近幻彩托帕石的顏色。這是以紫色為基礎，由不同角度看會變成各種顏色的奇妙顏色。

難道是鈦照射技術？雖然完全不懂原理，但似乎是科學技術的結晶，所以我非常喜歡自己的眼睛。

我的容貌酷似母親，兩邊頭髮稍微往外翹的特性，是遺傳了父親的基因。

父親會一邊說著：「媽媽小時候想必就是這麼可愛～」一邊逗弄我，因此我過著有點煩的每一天。

*

在攤子買了肉串，我盯著父親，和他一起大口吃著肉串。突然，從後方傳來愣住的聲音，我們倆回頭，這正是一切的開端。

「難、難道是……羅威爾、大人……？」

隨著那聲音，東西發出「咚」的一聲掉下去了。

艾倫聽到父親的名字，回頭一看，看到兩個男人目瞪口呆地看著他們。

「嗚哇～糟了，快逃！」

話一說完，羅威爾急忙抱起艾倫，並立刻逃走。艾倫因為突如其來的情況愣了一會兒，但也馬上意識到發生事情了。

「喂喂，爸爸，你認識那些人嗎？」

「嗯……終於暴露身分了嗎？怎麼辦？」

二十七歲的父親羅威爾歪著頭滿不在乎地回答，他撫摸艾倫的頭開朗地說道。

「你果然都沒回來！」

「因為不知不覺間變成名人啦！」

「是啊……英雄先生。」

「別那樣叫我～！」

艾倫受不了地看著用雙手遮住臉，著急害羞的羅威爾，同時閉嘴咀嚼手上剩下的肉。

羅威爾看著艾倫，然後低頭看自己的手。他想起剛才因為瞬間抱起女兒，所以把手上的肉串給扔了的事情，感到悶悶不樂。

「好麻煩喔～」艾倫一面殘酷地說，一面又說著「啊～」把肉串上剩下的肉遞給羅威爾。

父親開心地一口咬住，雖然孩子總是對家人抱有私心，但她覺得父親很可愛。

「剛才那些人是爸爸的朋友吧？為什麼要逃走？」

「明明髮色和眼珠顏色都不一樣了，沒想到還會被認出來，嚇了我一跳。」

「……說要逃走而且也逃走了的人會嚇一跳？一般說來，因為情況不妙說要逃走的人並不會逃走，那時候都會說擔心後果。」

「我們約好不能說出來的啊！」

「我才沒有跟你事先約定～」

羅威爾長得俊俏。走在街上與他擦身而過的人，不分男女都會回頭瞄他一眼，這樣還覺得自己不引人注目，他大概是真的覺得自己不會暴露身分。

艾倫戴著兜帽遮住眼睛和臉部。父母的遺傳基因非常可怕，她第一次用水鏡照自己的臉時，不由得發出驚嘆。

轉生前她心想，如果能投胎轉世，她想要變成波霸或美女，這樣還不夠，最好是變成豪乳，雖然她拚命地祈求，但事情果然都有限度。

羅威爾天生愛操心，他很怕女兒被綁架，總是抱著她移動。因為艾倫只有五歲小孩的身高，步幅也和大人不一樣，所以實在沒辦法。

要說的話，也可說奧莉珍就在他們身邊。不過，她是統率精靈的精靈界女王，如果現身一定會引起騷動，所以採取遠遠地看著他們的形式。一旦有狀況，她馬上就能轉移過來，非常方便。

掌管這個世界元始之力的人，在人界現身一下子倒是還好，但如果長時間停留，似乎會對周遭帶來巨大的影響。因此奧莉珍為了在羅威爾呼喚自己時能立刻趕到，會透過水鏡偷窺……不對，原地待命。

艾倫年紀還小，待在人界也沒問題，不過因為從父母那繼承了遺傳基因的關係，她天生長著宛如人工製品般、沒什麼人類樣子的臉蛋。

人們只要看了艾倫一眼，都會呆頭呆腦地把手指伸向她的眼睛，想要確認她的眼睛是不是寶石，真的很恐怖。

「他們會追過來吧？」

「他們的確會追過來。」

以前究竟發生了什麼事？發著抖的羅威爾又抱起女兒向前走。

「唉～在甩掉他們之前，要是有把他們的記憶消除就好了。」

言語無情的羅威爾，仍然一副滿不在乎的態度。

全然忘了父親是英雄的艾倫，沒能想像得到立刻有人向國家報告英雄歸來一事。

結果，通緝他的畫像到處被張貼，他們一旦被發現，就會遭到人群追趕，陷入疲於奔命的情勢。

＊

真是倒了大霉。

和羅威爾一起在鎮上不停亂繞，無論跑到哪裡都有羅威爾昔日的下屬蜂擁而至，哭著懇求他回來。

看著所到之處那些低頭向他鞠躬、哭著抱住他的許多大人，艾倫實在覺得他們可憐，她勸羅威爾：

「都怪爸爸不主動聯絡，害大家都很擔心，至少和他們打個招呼吧？這樣或許就不會被追趕了。」

「唔嗯～真是刺耳～」

聽了這話的下屬們哭著向艾倫道謝。可是聽到她叫羅威爾「爸爸」，有的人大叫，有的人呆在原地。

有女兒一事曝光了，羅威爾皺起眉頭。他沉默不語地思考了一會兒，似乎終於死心，然後嘆了一口氣。

「艾倫，妳去媽媽那邊。爸爸接下來必須前往敵陣。」

「要前往敵陣，爸爸真是不得了呢。我會和媽媽一起看著你，如果需要掩護射擊就說一聲。賭上母女的威信，雖然力量微薄，但也能搞個天崩地裂。」

艾倫說完後，羅威爾苦笑道：「那真是太可靠了。」他開心地露出笑容，在女兒的額頭

和臉頰上親吻，然後緊緊地擁抱她。艾倫有些難受地喘氣。

艾倫也在父親的臉頰上回以一吻。以日本人的觀感來說，她一開始對這種行為有強烈的抗拒感，現在則覺得習慣真是可怕。

她向羅威爾揮手道別，轉移到精靈界奧莉珍的所在位置。

轉移的目的地是精靈王所在的寶座大廳。坐在寶座上的奧莉珍，藉由設置在一旁的水鏡從頭到尾看著這一切。既然如此應該就不用說明了。

「好狡猾，我也想吃肉串……」

覺得被排擠的奧莉珍顯得無精打采。

（等等，不是幾天前才吃過肉串嗎？）

重點不是那個吧？艾倫忍不住吐槽。

＊

艾倫消失後，羅威爾變得面無表情。旁人熟悉的喜怒不形於色的羅威爾就在眼前。

長年隨侍在側的艾伯特，看到羅威爾作為父親充滿慈愛的表情非常驚訝。

羅威爾的容貌除了髮色和眼珠顏色，和十年前幾乎沒有改變。但是披著斗篷的小孩叫他

「爸爸」。從聲音可知是個女孩，從兜帽邊緣散落的頭髮是閃耀的銀色髮束，從體型來看大約五歲吧？

據說人類不會有銀髮，因為銀髮是高階精靈的髮色，不過現在羅威爾的髮色變成了銀色。也許是待在精靈界的影響吧？畢竟連眼珠顏色都變了，下屬前來報告時，還以為他們認錯人了。

雖然半信半疑，但是聽到下屬說一叫他的名字，他便慌忙逃走一事後，艾伯特開始懷疑那就是羅威爾本人沒錯了。假如是認錯人，說清楚就行了，正因他認得下屬的臉才會逃走吧？察覺這點的艾伯特決定直接見一面親眼確認。

可是實際在眼前發生的事太過出乎意料，使艾伯特陷入混亂。

「羅威爾大人，你的孩子……？轉、轉移了！」

「我進城打過招呼後……今後就與你們沒關係了。」

羅威爾面無表情地說完後，艾伯特瞬間恢復正常。

除了髮色和眼珠顏色，他的外貌和十年前一模一樣。

艾伯特精神抖擻地抬起頭看著羅威爾，他把手放在胸前大聲地說：

「凡克萊福特公爵一家，和我們全體人員，一直等著羅威爾大人歸來！」

「公爵……？」

「十年前，由於羅威爾大人的奮戰，凡克萊福特一家獲得升爵。」

「父親大人因為魔物風暴逝世，我也不在了，卻還能升爵？」

「現在，您的胞弟索沃爾大人是當家。」

「那我不回去也沒關係吧？」

擔任騎士團團長的前當家在魔物風暴的最前線陣亡，長男去了精靈界便一直生死未卜。事到如今，就算羅威爾回去，家裡也沒有他的容身之處。小他兩歲的弟弟今年二十五歲，正值青春年少，大概是成年後就馬上繼承家業吧？這麼說來已經治理領地九年了。這個國家，女性十幾歲、男性二十幾歲就是適婚期，或許繼承人不在以後，他便早早被迫結婚。

羅威爾不在卻能升爵，那就只有一個可能性了。

換言之，老家有個能影響升爵的人物成了弟弟的新家人。

「不、不！請您務必回來！」

「為什麼……？」

羅威爾猜中了。他因疑惑而不禁詢問，卻為一場風波拉開了序幕。

＊

原本是侯爵一家的凡克萊福特家是武家門第。

當家代代擔任騎士團團長，甚至被稱為國王的右臂。儘管十年前羅威爾才十七歲，卻破例擔任團長輔佐。

不只是因為武藝高超，他能使用精靈魔法也是極大的原因。

儘管凡克萊福特家與魔法無緣，但是初代女王奧莉珍對羅威爾一見傾心，他因此獲得世界第一的魔力。

所謂魔物風暴，是繪本裡也有提到的，魔物異常大量出現一事。

即使一般的精靈魔法使向精靈詢問羅威爾的事，也不可能得到什麼正經的回答。畢竟人類成為了精靈王的另一半，會這樣也是當然的。

與羅威爾締結契約的精靈是精靈王，對所有精靈而言是重大機密。

留在領地的次男索沃爾當時十五歲。羅威爾估計，如果國家派遣總管或臨時的家臣過來，家裡和領地或許不會出什麼問題。不過他聽了下屬向他報告的家裡的情況後，感到苦惱不已。

雖然羅威爾的胞弟索沃爾也具有一定水準的劍技，但在這個國家，十六歲才算成年，而成年前的孩子不能加入魔物風暴討伐部隊。

然而索沃爾失去父兄之後順利加入騎士團，憑實力爬到上位，現在是騎士團團長。

身為兄長對於弟弟出人頭地感到十分驕傲。可是根據艾伯特的說法，是在其他地方出了問題。

（那個女人進了家門……？）

羅威爾頭暈，感到苦惱。

那個「女人」，就是羅威爾的前未婚妻。

汀巴爾王國第二公主艾齊兒。上面有兩位兄長和一個姊姊。艾齊兒是么女，和其他兄弟姊妹差很多歲，國王和第一王子皆非常疼愛她。

被送到魔物風暴最前線的羅威爾，立刻向艾齊兒提出毀婚。理由是，不知能否活著回來。

如果艾齊兒淚流滿面，即使被毀婚也要一心一意等羅威爾歸來，或許會是一樁美談。可是艾齊兒自尊心非常強，既愛浪費又傲慢。用一句話形容，就是個性很糟糕。

她對號稱王國第一，眉清目秀的羅威爾一見鍾情，於是假借王命，硬是成為他的未婚妻。明明是利用權力當上未婚妻，她卻公然在眾人面前向羅威爾放話：「我委屈自己下嫁到侯爵家，你要懂得感恩。」

魔物風暴之時，艾齊兒也動用權力，不准軍團帶走羅威爾。可是缺少號稱王國第一戰力的羅威爾，就無法戰勝這場威脅。雖是最溺愛的女兒，但唯獨這件事，國王並未順從她的意思。

平安度過魔物風暴的犧牲太大了。身先士卒的羅威爾付出代價陷入瀕死，為了療養而被帶到精靈界。聽說他好幾年都無法回來的艾齊兒，當然沒有等待前未婚夫歸來。

被毀婚的艾齊兒，因為自尊心受創而感到憤慨。

她沒有想過羅威爾之所以毀婚，是因為擔憂被留下的人。

未婚夫死亡時，在這個國家會被當成寡婦看待，必須服喪一年，至少三年才能訂定新的婚約或是再婚。正因如此，被送往最前線的人通常會撕毀婚約。撕毀婚約的人只須一年，被毀婚的人如果沒有其他罪行，三個月後就能再次訂定婚約。

然而市井之間卻流傳著，對艾齊兒毀婚的羅威爾冒犯了她，於是和父親一起被送到最前線，為了保衛國家而成了不歸人的傳聞。

人們聽了羅威爾大顯身手的始末深受感動，民眾陶醉於英雄的美談，推崇羅威爾、凡克萊福特家的聲量非常大。

凡克萊福特家獲得升爵也包含了平息民心的意思在，而艾齊兒對此感到著急。

號稱英雄老家的凡克萊福特家的名聲被這個女人看上。在十六歲成年的這個國家，十幾歲還無法結婚就太晚了。

等了羅威爾一年，眼見周遭都說他歸來無望，艾齊兒看上了正好同樣十六歲並且承襲了爵位的弟弟。

這個暴虐的女人，演了一齣自己並非不顧凡克萊福特家的戲。

「所以，那個女人嫁進門了？」

「因為不能違抗王命……」

索沃爾和艾齊兒同年紀。之前自己之所以能逃避婚約，是因為在這個國家，男女皆須

十六歲以上才能結婚。

老實說，羅威爾一年後醒轉過來，卻不想回人界的理由正是因為艾齊兒。

好不容易才毀婚，乖乖回去就前功盡棄了。

聽說奧莉珍向隨從表示羅威爾可能好幾年都不會醒來。既然如此，在艾齊兒出嫁前就留在精靈界吧。然而，看到奧莉珍在身旁盡心盡力照料自己，羅威爾不可能不動心。

雖然非常訝異自己的半精靈化，但他十分自豪自己有幸能受這群可愛的人們恩惠。

他沒想到胞弟成了下一個犧牲者。

此外，艾齊兒曾執著的羅威爾這位國民英雄回來了……這對艾齊兒來說是一大屈辱。

「索沃爾大人和艾齊兒夫人育有一個孩子，雖然是女孩……那個……」

「和艾齊兒一樣德性吧？」

「嗯……確實如此。」

畢竟是那個女人帶大的孩子，自然不難想像。

索沃爾和自己一樣，十分厭惡艾齊兒。

羅威爾和索沃爾長得不像，因為兄弟倆分別長得像被稱為美女與野獸的父母。

弟弟長得像面孔嚴厲的父親，羅威爾則是長得像母親，俊美的容貌甚至會被人誤認為女性。

對於年紀雖小卻像父親一樣面孔嚴厲的索沃爾，艾齊兒譏笑他：「和羅威爾差真多。」

沒想到這個女人會硬要嫁過來，她那麼想要名聲啊？真是令人頭痛。

恐怕其他王族也是如此。雖說升爵了，最重要的羅威爾卻不在，他們就判斷對此還需要相稱的血脈存在。

不和的兩人不可能處得來，這點一清二楚。生孩子也只是義務吧？貴族理所當然要有子嗣。

但是，艾伯特又投下了震撼彈。

「索沃爾大人在市井之中有一位真愛，那邊也有一個女兒。」

「…………」

父親和羅威爾相繼不在了，光是繼承家業就讓他壓力沉重，還有艾齊兒嫁進門來。索沃爾無法在家裡獲得內心的平靜，這其實不難理解。

雖然能夠理解弟弟的心情，但這灘爛泥是怎麼回事……羅威爾不禁皺起眉頭。

「艾齊兒夫人的浪費使得凡克萊福特家經濟拮据……」

「……我回來的事已經發出布告了吧？」

「當然。」

那他們一定在家等候了，羅威爾嘆了一口氣。

一想到自己會被利用於趕走艾齊兒，羅威爾又覺得頭更疼了。

但是，這十年來他把沉重的壓力都推給弟弟，這點事情是他身為兄長該做的事。

把可愛的愛女送回愛妻身邊看來是正確的做法。

「……我想先去一個地方。一定要趕走那個女人。」

羅威爾話一說完便邁開步伐，家臣們在他的背影中看見光明，於是鏗鏘有力地答話。

＊

和奧莉珍一起透過水鏡看著事情經過的艾倫不由得嘟囔：

「媽媽，艾齊兒是怎樣的人？」

「如果見了面，妳會想往她臉上扔火球喔！」

「……我知道她是個糟糕的人了。」

而她正是當家夫人，艾倫心想：父親的老家的確是戰場啊。

羅威爾說在回家打聲招呼前得先前往的地方，竟然是鎮上的一個小教會。

他打開冷清蕭條的教會大門，鉸鏈發出了生鏽的聲音。

他隨著嘎嘎作響的聲音走進聖堂，裡頭有一名男性正在打掃，這裡似乎只有他一人。

「哎呀、哎呀……怎麼會有人到這種小地方來？」

看似神父，年約四十的男人手裡拿著掃帚轉過頭來。他看到銀髮的羅威爾，當場呆立在原地。

「難、難道是……英雄羅威爾大人？」

羅威爾嘆了一口氣，連這種地方也貼出通緝令了啊？不過……羅威爾點點頭表明身分，然後說出來意。

「在這個教會可以提交結婚證書嗎？」

「……嗯？」

「羅威爾大人！」大概是羅威爾的話令人難以置信，跟在後頭的艾伯特也發出驚訝的聲音。

「我在精靈界舉行過儀式，不過在這邊也想要有證明。」

「羅威爾大人結婚了嗎……！這樣啊。嗯，雖然我是神官的末席，不過可以由我將證書遞交給教會喔。」

「太好了。」

「可、可是，這樣好嗎？羅威爾大人是貴族……應該在王都的大聖堂……」

「我有我的考量。我會大大地酬謝你，我現在就想結婚。」

「現、現在嗎？」

「趕快準備。」

「是、是！」

神父扔下掃帚，跑進裡面的房間。

神父離開後，艾伯特追問羅威爾：

「您有孩子也就罷了，已經結婚是怎麼一回事？」

「就是這個意思，我是入贅女婿。」

「啥啊啊啊？」

艾伯特吃驚的叫聲傳到隔壁房間，神父慌張地問道：「發生什麼事了？」

「沒事，不用在意。」

艾伯特太過驚訝，睜大眼睛，嘴巴合不起來。神父斜眼看著他們，把拿來的一本大書放在主祭壇上。

「呃……羅威爾大人，您的結婚對象是……？」

結婚典禮是雙方在大型契約書——也就是婚姻書上簽名的儀式。

這本書是魔法書，交由教會管理，在上面簽名後，就會被正式承認結為夫婦。

「我現在叫她來。」

「……什麼？」

艾伯特和神父愣住了，羅威爾斜眼看著他們，開口呼喚：

「奧莉，來吧。我們在這裡舉行結婚儀式。」

沒想到羅威爾要在人界舉行結婚儀式。

「呀啊啊啊～羅威爾！」

艾倫開心地目送消失的奧莉珍，並且說：「爸爸好帥～！」

突然隨著光芒一起出現的奧莉珍緊緊抱住羅威爾。兩人順著力道畫圓旋轉。

「好棒喔！在人界也能舉行結婚儀式！」

「可是並非華麗的婚禮，妳能原諒我嗎？」

「當然，親愛的。」

兩人說完便熱吻，神父和艾伯特張著嘴巴看著這一切。

「這、這不是精靈嗎！」

「嗯，是啊。」

「哎呀，這位先生，好久不見呢。」

艾伯特驚訝地看著輕鬆回答的奧莉珍。

艾伯特發覺，她就是十年前魔物風暴之時，把羅威爾帶到精靈界的奧莉珍。

「我和奧莉結為夫婦，變成半精靈了。這是兩位精靈的婚禮，沒有任何問題。」

話說完後，羅威爾轉過身來看著神父。

神父不敢相信眼前的光景。

這個國家是女神信仰。

洞悉一切的沃爾和定罪的華爾。此外，還有號稱萬物之母的奧莉珍。

女神象徵一切事務，大家被教導這個世界是由女神支撐。

男神的職責是保護女神，代表守護與戰鬥，是陪襯女神的存在。

神父直盯著和大聖堂奉祀的女神像長相極為相似的女性。

而且英雄的隨從稱呼女性為精靈。雖然很想問清楚這是怎麼回事，不過看到羅威爾和奧莉珍緊緊相依的模樣，神父被一股衝動驅使，覺得必須給予他們祝福。

神父沒有發問，他毅然地看著前方，打開婚姻書，並準備一支筆，開始唸祝賀詞。

兩人的結婚儀式開始進行。他們對彼此宣誓，在文件上簽名。

這個世界的結婚儀式和地球的儀式很像，不過並沒有交換戒指的步驟。艾倫想送父母某樣東西做紀念，既然沒有戒指，那就送這個吧！下定決心的艾倫轉移到教會。

羅威爾和奧莉珍對突然現身的女兒溫柔地微笑，其他人發出驚訝的聲音。

「爸爸媽媽，這是賀禮。」

話一說完，艾倫在空中做出兩個圓圈。

（原子序數七十八號的白金！）

「爸爸媽媽，請把左手伸出來。」

艾倫如此說道，羅威爾和奧莉珍雖摸不著頭緒，還是伸出左手。

「左手無名指直接連結到心臟，是象徵創造的手指。發自內心守護對方、愛與幸福、願望的實現……無名指包含了這些意義。」

由於艾倫突然現身，另外兩人腦中一片空白，羅威爾夫婦倆則專心聽著艾倫的話。

咻，發著白光的物質套住左手無名指。這時，彷彿有一滴眼淚滴落其上。

（原子序數六號！碳……做出鑽石！）

能隨意改變化合與構造排列，這就是掌管元素的艾倫彷彿作弊般的強大能力。

鑽石與戒指結合，先調整尺寸再做出精細的工藝，最後誠心祝福。

「永遠不變的情感、確實的信任、清純無垢……用含有這些意義的鑽石為爸媽祝福！」

艾倫灌注在戒指的祝福，正好在祈求健康時發光了。

突然間，光芒從教會的彩色玻璃照進來，七彩顏色的光滴閃爍飛舞。

那光景宛如受到眾神祝福。

「喔……多麼絢爛，這是……」

「哎呀，華爾姊姊和沃爾姊姊賜予我們祝福呢！」

聽到奧莉珍開心的聲音，神父大吃一驚。

「雙女神嗎……！」

「下次去打聲招呼吧？」

「呵呵，嗯。也該道謝呢！」

看到奧莉珍贊同羅威爾平心靜氣說出的話，神父和艾伯特呆若木雞。

聽見家人體貼入微的心思，得意忘形的艾倫又做了一件事。

「還缺了麥粒！」

被施以明亮型切割的鑽石被當成麥粒從空中撒在兩人身上。

淅淅瀝瀝灑下的光芒畫出七彩的軌跡，包覆著兩人。

兩人面對夢幻的情景感到非常高興，然後他們呼喚艾倫。

艾倫聽到呼喚很開心，衝到兩人身邊。羅威爾抱起她，讓她夾在兩人中間。她左右兩頰被父母親吻，癢到不禁笑出來。

「能得到女兒這麼棒的祝福，真是太幸福了。」

「是啊，親愛的。」

神父回過神來說出最後一句祝賀詞：

「兩位的婚姻受到女神承認，我正式宣布兩位成為夫妻！」

婚姻書隨著神父的聲音發出光芒。如此一來，羅威爾和奧莉珍的婚姻被承認了。

「謝謝神父。如你所見，我的妻女都很特殊，原本以為在人界沒辦法舉行結婚典禮了。然後……這件事請保密，因為我的妻女可能會被歹徒盯上。」

神父聽了羅威爾的話，儘管目瞪口呆，仍不住地點頭。

「謝謝你，婚姻能被人類承認，我很開心。」

「對不起把這裡弄亂了。」

最後艾倫賠不是。教會中殿的中央通道上，艾倫灑落的鑽石閃閃發光。她用魔法瞬間將鑽石收集起來，雙手捧著拿給神父。

「這個給神父，有困難時請拿去用。」

神父伸出雙手收下鑽石，然後羅威爾拿出裝滿金幣的袋子當作謝禮。

「謝謝。」

三人面帶笑容通過中殿離開教會。

留在原地的神父目瞪口呆，回過神來的艾伯特沒有通過中殿，走旁邊的通道追上三人。在新郎新娘通過中殿後再通過，表示踐踏阻撓兩人未來的路。沒想到艾伯特知道這件事。

在夕陽西下，教會裡頭變得一片漆黑之前，留在原地的神父雙手捧著鑽石和金幣，眼淚止不住地流下。

離開教會後，艾倫在父親羅威爾的懷抱裡微笑。

「爸爸，你好帥喔！」

她和羅威爾一同來到人界已經過了幾個月。儘管如此，雖然她不清楚羅威爾突然在教會舉行結婚儀式的意圖，不過一定有某種意義在。可是，看羅威爾的樣子，又完全看不出個所以然來。

「咦？真的嗎？真的嗎？」

被女兒稱讚使他高興得不得了，他笑容滿面，剛才端正帥氣的模樣不見了，令人覺得非常可惜。

「現在爸爸的模樣非常可惜。」

「為什麼！」

艾倫放著受到打擊的羅威爾不管，轉頭看著奧莉珍。她靠在丈夫的臂膀上，滿臉喜悅，時不時地看著戴在左手無名指上的戒指，陶醉地臉頰泛紅、滿面春風。看到她的神情，送禮物的人也非常高興。

艾倫覺得，能生在這個家庭，真的很幸福。

*

大家走向停在教會入口的馬車時，艾倫雙手摟住羅威爾的脖子被他抱著，自然能看到跟在後頭的隨從艾伯特。

艾伯特露出非常難以接受，看似混亂的表情。

艾倫一直盯著艾伯特，艾伯特似乎注意到她的視線，肩膀搖晃了一下。

不過艾伯特看到艾倫沉默地盯著他，卻不知該如何搭話。

也許是覺得這時移開視線就輸了，艾倫幾乎眼睛都不眨一下地凝視著他。於是，羅威爾和奧莉珍察覺到女兒波動的氣息。

「怎麼了？艾倫，妳很在意艾伯特嗎？」

「……」

即使問她，她仍繼續糾纏不休地一～直盯著艾伯特。

你該說些什麼吧？艾倫繼續施壓，艾伯特總算察覺到了。

「……羅威爾大人，恭喜您結婚。」

看到行臣下之禮鞠躬的艾伯特，羅威爾有些驚訝，然後笑了出來。

「謝謝你，艾伯特。」

羅威爾一臉幸福，艾伯特露出燦爛的表情。

十年不見的羅威爾的模樣或許令艾伯特感到困惑吧。但是在下一瞬間，羅威爾彷彿回到現實般，擺起一臉嚴肅。

「畢竟是那個女人，最好多多提防。」

話一說完，羅威爾把艾倫交給妻子。

艾伯特似乎從羅威爾的話裡察覺到了什麼，表情有點驚訝。

「奧莉、艾倫，接下來我要回老家，在那裡會見到討厭的女人。妳們可能會透過水鏡察看這邊的情況，可是不管發生任何事，妳們都不要過來。」

「爸爸，為什麼？」

「因為不知道那個女人會對妳們做出什麼事，而且我不想讓那個女人看到妳們。」

羅威爾說完，撫摸艾倫的頭。艾倫很驚訝，她是那麼討人厭的傢伙啊？

她抬頭看奧莉珍，母親似乎知道那個人。奧莉珍笑著說：「我知道了。」

「而且如果艾倫的事被知道，王族提出結親的要求，我可能會忍不住抓狂。」

看到打從心底對此感到厭惡的羅威爾，其他人都驚呆了。

「羅威爾大人……您是否多慮了……」

「說這什麼話！艾倫她這麼可愛！」

羅威爾緊緊抱住奧莉珍抱在手上的艾倫，母女倆一副覺得很煩的樣子。察覺到她們的表情十分冷淡，羅威爾有點受到打擊。

「我明白你的意思。我看到那個女人的臉就會想扔火球，所以絕對不會過去喔。」

「嗯，那就好。」

羅威爾說完，便在奧莉珍的臉頰上親吻。

艾倫正在納悶這是怎麼回事時，羅威爾苦笑道：「和媽媽一起看就知道了。」

「那我走了。雖然很討厭、非常討厭、超級討厭……我想和奧莉妳們一起回去……」

「祝你好運。」

「爸爸加油！」

雖然不清楚羅威爾為何如此厭惡，但艾倫還是和奧莉珍一起聲援並目送他，然後母女一起返回精靈界。

＊

目送妻女離開，坐上馬車的羅威爾，不理會坐在對面的艾伯特，只是看著窗外。

艾伯特對於十年不見的羅威爾的變化感到困惑。

他很困惑，不喜形於色、情感貧乏的羅威爾，竟會露出那麼幸福的表情。

他想起十年前魔物風暴時，離別的瞬間。

面對艾齊兒的執著感到束手無策，逐年情感變得貧乏的羅威爾。

艾齊兒的執著太過度，她圍繞在羅威爾身邊，使他孤立。

離開人界的十年，羅威爾身為人的情感在那個精靈的陪伴下找回來了，並且得到了名為家庭的幸福。

然而，因為羅威爾回來了，他們開始吵鬧、懇求他歸來，要羅威爾前往可能會破壞他幸福的地方。

艾伯特在場觀禮結婚典禮後，發覺他只考慮到自己。明明他的立場必須要第一個考慮到主人，卻只顧著說自己的事情，每天煩惱該如何處置艾齊兒，卻沒考慮到羅威爾的幸福或許會被破壞。

「羅威爾大人……真的很抱歉！」

看到艾伯特突然低頭，羅威爾嘆了一口氣。

「你們被逼得走投無路……看來那個女人真的是為所欲為。我這十年來置之不理也有錯……不用在意。」

看不出年紀增長的羅威爾，頭髮變成銀絲，那雙如天空般清澈的眼眸變成帶有一抹晚霞的紫色。

雖然模樣和十年前一樣，卻有種他去了遙不可及的地方的錯覺。

馬車上一片沉默。明明有許多該說的話，卻沒有人開口。艾伯特和羅威爾保持沉默，回到領地。

＊

帶有家紋的馬車通過凡克萊福特家的領地，每次馬車穿過時，人們都在談論，該不會英雄回來了？

英雄回來了！有人如此大喊，於是人們奔向了凡克萊福特家。

馬車在家門前停住，羅威爾從馬車下來，人們發出歡呼聲。

「羅威爾大人——！」

宅邸大門前擠滿了人，群眾哭喊著羅威爾的名字。

察覺這一幕的羅威爾走到關閉的大門前，他笑著慰勞群眾。

「抱歉我外出這麼久，大家都很健康真是太好了。」

人們察覺到他的模樣和十年前一樣，還是十七歲的容貌。而且變成銀髮，連眼珠顏色也不一樣了。

領地的民眾看到他的容貌，確實感受到了羅威爾使盡瀕臨死亡的力氣守護了這塊土地的這件事。

人們看到他的模樣瞬間哭了起來，大聲喊著：「英雄羅威爾大人！謝謝您保護我們！」

「感謝各位的歡迎。天色已經黑了，大家回去時請小心。」

羅威爾露出微笑轉身走向宅邸，人們持續注視著他的背影。

他朝宅邸走去，傭人全都出來迎接。

「羅威爾大人，我們一直等著您回來。」

長年在宅邸工作的總管經過十年的歲月變得比記憶中更蒼老，他一看到羅威爾的模樣便眼眶泛淚。

羅威爾從小只看過總管堅毅的樣子，沒想到他會有那樣的表情。羅威爾確實感受到自己是真的讓他擔心了，於是露出苦笑，說道：「我回來了。」

從傭人之中不時聽到忍俊不住的嗚咽聲。可是，沒有半個人抬起頭，他們一直鞠躬，迎接羅威爾。

羅威爾從傭人們的樣子確實感受到自己真的回來了，可是前方還有敵人嚴陣以待。羅威爾皺起眉頭，走進宅邸。

他一踏進挑高的玄關大廳，就從延伸到二樓的樓梯上方感受到了人的氣息。

「羅威爾大人真的回來了嗎！」

尖銳的不快聲音令羅威爾緊皺眉頭。

有個女人身穿火紅色的衣服，身上穿戴了不計其數的低俗珠寶。飾品互相摩擦，發出喀啦喀啦的聲音。

缺乏一致性的珠寶，無論是多麼高貴的飾品，看起來也很低俗。此外，穿戴的數量多到金屬彼此摩擦，也令人質疑她的品味。

金髮往上梳好後盤起，還扎上一朵玫瑰花。接下來她要去參加舞會嗎？

如果要說有什麼十年前的回憶和現在的模樣重疊，大概就是那把引起頭痛的尖銳聲音吧。

雖然當時十五歲的艾齊兒也很豐滿，不過這個女人實在胖得讓人看不下去。為了遮住從勒緊的緊身胸衣上下擠出的肉，而使用了大量的荷葉邊。暖色系本來看起來就很臃腫，又因

為荷葉邊的效果，讓她看似纏繞著火焰在搖晃。

每下樓一步都會搖晃的贅肉和具有重量感的腳步聲令人不快。女人從樓梯往下走到一半，似乎注意到了羅威爾的身影。

「哎呀，你是、誰……？」

埋在圓臉裡的眼睛大大地睜開。

「哎呀哎呀，是羅威爾大人嗎？怎麼變成這樣……！」

「妳誰啊？」

羅威爾毫不遮掩侮蔑的表情吐出這句話，女人大吃一驚。

「她是索沃爾大人的太太，艾齊兒夫人。」

「艾齊兒……？」

聽了總管的話，羅威爾不禁懷疑自己的耳朵。他以疑惑的表情從頭到腳打量她，卻沒有一處和記憶中一致。

「看不出本來面目啊。」

「羅威爾大人。」

雖然總管語帶責備，不過他的語氣帶有幾分贊同。

「哎呀哎呀，羅威爾大人一點都沒變！冷淡的態度真的和以前一樣！」

可惜她的腦袋聽不懂挖苦，開始懷念起過去。

羅威爾忍不住咂嘴，即使如此，對這個女人依舊沒作用。

「我好高興，你來迎接我了呢！」

「妳在說什麼……？」

「雖說是父命，但可憐的我被迫和你的弟弟結婚，你是因為忘不了我才來迎接我的吧？噢，太好了！」

女人陶醉地說，總管和旁邊的女僕們大驚失色。

羅威爾面無表情，凝視著艾齊兒。身旁的艾伯特看著羅威爾的模樣，逐漸地臉色發青，房間裡氣氛降到冰點。

「對了，我來介紹你的女兒！跟我長得很像，非常可愛喔。艾米爾，到樓下來！」

看到艾齊兒對著二樓招呼，所有人都難以置信地目瞪口呆，艾齊兒卻完全沒有發覺。

透過水鏡看著事情經過的艾倫和奧莉珍瞠目結舌。

在艾齊兒說出「你來迎接我了呢！」的瞬間，奧莉珍手上出現了火球。

「媽媽、媽媽！住手住手！城堡會燒掉的！」

艾倫慌忙緊緊抱住奧莉珍阻止她，突然恢復理智的奧莉珍熄滅火焰，擁抱艾倫。

「這頭母豬就是艾齊兒……！」

感覺從母親背後出現了黑色的靈氣，艾倫更加慌張了。

「哇哇哇……！媽媽，這種說法對母豬太失禮了！冷靜一點！」

「說什麼『你的女兒』……？羅威爾只愛艾倫這個女兒！」

啊，她是氣這一點啊？艾倫有點高興。

無論是對於從水鏡看到的羅威爾的態度，還是第一次見到的艾齊兒，其實根本就無須擔心。艾倫覺得放心了。

因為聽說艾齊兒是公主，本來還想像她是和奧莉珍不相上下的絕世美女。

剛才還在煩惱父親要是中了美人計那該怎麼辦？現在反倒覺得很可笑。

（媽媽才是絕世美女！而且是巨乳，尤其爸爸最喜歡胸部了。艾齊兒是貧乳，和前世的我一樣，艾齊兒根本贏不了，沒問題。）

艾倫下了艾齊兒是貧乳的評價，即使自己躺著也中槍，她仍是這麼想。

艾倫在轉生前，有段時期也曾想過，變胖的話胸部也會呈比例變大吧？但是光看艾齊兒，艾倫推測雖然胸部確實是以脂肪構成，但下緣的胸圍大概也會與乳圍呈比例一起成長。

（那隆起的胸部是背部的贅肉，那是假的，騙不過我的眼睛！）

艾倫擺出勝利姿勢。

羅威爾完全不知道透過水鏡看著這邊的艾倫想著這些決定勝負的事，被艾齊兒呼喚的女兒從二樓下來了。

她的模樣就像以前的艾齊兒。體型豐滿，金髮加上大量裝飾，戴著和小孩不相稱的戒指和項鍊。

她穿著胸口敞開的連衣裙，從加了緊身胸衣這點可以得知她似乎是想顯露出細腰。然而，從緊身胸衣上面露出了擠成一團的肉。

她塗了鮮紅色口紅，沒半點這個年紀的孩子特有的可愛印象。在母親的擺布下，她深信這是最美的打扮。

羅威爾的表情有些僵硬，彷彿看見最惡劣的女人分裂出了另一個。

「哎呀！好帥的男士！母親大人，這位是誰？」

「是妳真正的父親喔。他是英雄，總算來迎接我們了。打個招呼吧。」

「你是我真正的父親大人啊！好棒喔！我叫做艾米爾．凡克萊福特。父親大人！」

艾米爾看到羅威爾俊俏的臉而臉頰泛紅，羅威爾面無表情地看著她。

「她是誰？」

「她是艾齊兒夫人的女兒，艾米爾小姐。」

「不是索沃爾的孩子嗎……？」

「……我無法回答。」

這是怎麼回事？羅威爾看著總管。

這個孩子稱羅威爾是真正的父親。十年不在人界的自己對此完全沒有印象。如果她紅杏

出牆，羅威爾可能會親手殺了艾齊兒，不過艾齊兒有這種對象倒是令人訝異。

問了總管他也無法回答，換句話說，艾米爾有可能不是索沃爾的孩子。

「真是討厭的害蟲。」

羅威爾吐出這句話，大家都表示同意。

透過水鏡看著的艾倫變得面無表情。

「呀啊啊！艾倫！住手！城堡會壞掉～！」

奧莉珍的叫聲使艾倫突然恢復理智。

空氣中的元素高周波振動，因為能量摩擦，到處有劈哩啪啦的火花四散。

「媽媽，對不起。」

「沒關係。媽媽也是同樣的心情！」

「沒錯！只有艾倫有資格叫爸爸！」

「沒錯！只有艾倫有資格！」

母女緊緊地抱在一起。

「不能去那個地方真是令人不耐煩……」

「幹嘛跟爸爸做那種約定啊……不能搞一場天崩地裂。」

「真的！」

聽到奧莉珍表示贊同，艾倫的心情變輕鬆了。

但是，在城堡裡等候的其他精靈們都大叫「不要啊！」

在好的意義上，只有羅威爾能阻止這兩個人。

＊

羅威爾以冷淡的目光看著艾齊兒她們，這時從外頭傳來男人慌張的聲音。

「聽說大哥回來了是嗎！」

衝進玄關大廳的男人體格相當魁梧，留鬍子的模樣和羅威爾父親的容貌極為相似。

「索沃爾嗎……？你變得和父親很像呢。」

看到回頭歡迎他的羅威爾，索沃爾說不出話來。

「啊……大哥……你的模樣……」

「看到你身體健康真是太好了。抱歉我一直沒回家，辛苦你了。」

「啊……大哥。」

羅威爾摟著弟弟的肩膀，憐惜地拍拍他彎曲的背部。不知不覺間，他的身高被索沃爾超過了，令人感受到十年的歲月。

明明是令人感動的重逢，卻有個不合時宜的尖銳聲音分開了兩人。

「啊，索沃爾，你來得正好！趕快和我離婚！」

艾齊兒的話使周圍的女僕們議論紛紛，羅威爾他們也不高興地瞇起眼睛。

「……妳還是一樣糟糕。」

看到艾齊兒的索沃爾皺起眉頭瞪著她。

「妳又隨便花家裡的錢是吧？要講幾次妳才懂啊！那些錢是人民的錢！」

「說那什麼話？這很正常吧？如果我不好好打扮，這個家可是會被看不起的喔！我幫你花錢，你反而應該感謝我！」

羅威爾冷靜地觀察在傭人面前理所當然地開始爭吵的兩人。

兩人的爭吵大概是家常便飯吧。雖然傭人覺得如坐針氈，但似乎已經習慣了。

孩子本該是無辜的，不過也許因為艾齊兒的教育很徹底，艾米爾也以輕蔑的眼神看著索沃爾。既然如此，便與艾齊兒同罪，羅威爾決定捨棄慈悲心。

「索沃爾、艾齊兒，家醜不可外揚，之後再說。」

「大哥！」

「哎呀！不愧是羅威爾大人，能夠理解我的想法呢。」

「跟她說什麼都沒用，因為她的腦袋不會理解。」

索沃爾認同羅威爾的話，然後嘆了一口氣。

艾齊兒不覺得他們是在說自己，開心地露出勝利的表情。她那自我中心的思考迴路，擅自將此解讀成羅威爾在袒護她。

「索沃爾，我有話要對你說。」

「嗯，大哥……」

「羅倫，我明天要去城堡，幫我知會一下他們。也要知會司法局。」

名叫羅倫的管家彎腰回答：「知道了。」

「大哥，去司法局是要……」

「辦你的離婚手續，這是艾齊兒的要求。」

索沃爾倒吸一口氣，艾齊兒在他旁邊開心地發出歡呼聲。

司法局和教會是不同的組織，那是發生問題時，根據法律下達判決的地方，如是否終止藉由魔法承認的儀式等等。向女神發出結婚宣言是由教會進行，離婚則是找司法局。

不過離婚時，會經由女神的洞察之力揭發造成原因一方的真相，違背誓約的人將受到女神制裁。

「明天你們去司法局，我會陪同在場。」

羅威爾控制著場面，沒人對他的話有意見。

「索沃爾，走吧。」

羅威爾帶著弟弟走上二樓。

＊

羅威爾走向男性專用的雪茄室，沉沉地坐在沙發上蹺起二郎腿。他靠在沙發扶手上，像在忍受頭痛般將手放在額頭上，彷彿要吐出累積的憤恨似的，深深地吐了一口氣。

「……艾伯特跟我說了大致的情形。」

「嗯……抱歉讓那個女人在家裡為所欲為。」

看著低著頭的胞弟，羅威爾命令他坐下。他那魁梧的身材和父親一模一樣。

羅威爾想起在那場魔物風暴中並肩作戰，不幸陣亡的父親的英姿。父親為了保護下屬而死，是為了保護艾伯特而死。

索沃爾面對艾齊兒剛毅的態度、他一直以來守護家庭的模樣，和父親的身影重疊。

和父親的個性一點也不像的索沃爾原本很懦弱。和以前的回憶相比，令人感受到索沃爾的成長。

眼睛底下有黑眼圈、臉頰消瘦，加上邋遢的鬍子。一副因為那個女人引起的騷動而疲憊不堪的表情實在讓人不忍卒睹。

「那也只到明天為止了，明天就要把那兩個女人趕出去。」

「……連孩子一起嗎？」

「她不是你的孩子吧？」

「我不知道……」

「什麼意思？」

「那個女人嫁進門的那一天，我自暴自棄灌了很多酒……」

聽到這話的瞬間，他們察覺到了。

「嗯，被陰了。」

「我學到了一件事，當遇到這種情況，男人的立場就會瞬間變弱……」

應該是早上醒來前，艾齊兒偷偷溜進來躺在他身旁吧？光是想像就令人打寒顫。

羅威爾拍拍索沃爾的肩膀，安慰沮喪的他。

「艾齊兒聲稱那個女孩不是你的孩子。」

「……啥？」

「她的意思大概是，和我結婚的話就會變成我的孩子吧。這種情況反倒正好。」

「大哥？」

「明天去司法局得提出離婚的原因吧？你別開口，知道了嗎？」

「這、這是什麼意思？我會被處罰嗎？」

「怎麼可能。那個女人會自取滅亡，如果不想被牽扯進去的話，絕對不要開口，聽清楚了嗎？」

看到羅威爾不容分說的態度，索沃爾只能回答「是」。

像是要結束這個話題般，羅威爾突然沉默，索沃爾目不轉睛地盯著他。

他的模樣和十年前一樣。不，確實也有改變的地方。像是髮色和眼珠顏色。

「大……大哥，這十年你去哪裡了……？」

「喔，我待在精靈界。」

「你的模樣到底是……？」

「……」

羅威爾沉默了。是否問了不該問的問題？索沃爾感到有些沮喪。

「羅倫和艾伯特也得在場。」

羅威爾說道，按下房裡設置的呼叫鈴。

他命令立刻趕來的羅倫去叫艾伯特。兩人走進房間後，接到明天得陪同索沃爾在場的命令。

看到全員到齊，羅威爾在房間布下隔音的結界。要是被偷聽就糟了。

精靈界的水鏡是能映照出真實的鏡子，縱使張開結界，奧莉珍和艾倫也能一直看著這邊的情況。

「我這十年都待在精靈界，大概花了一年的時間才醒來。這算是賠罪吧……我一直想著就這麼回來就會被迫與艾齊兒成親，所以拒絕回到人界。」

羅威爾從小就被艾齊兒糾纏，羅倫他們似乎能深切地了解他的心煩，他們倒吸一口氣，點頭表示同意。

「沒想到那個女人會嫁給弟弟。我不只完全不管家裡的事，也不願面對那個女人……抱歉，索沃爾，讓你一肩扛起守護這個家的責任，真難為你了。」

「大、大哥……！」

看到羅威爾向他鞠躬，索沃爾非常感動。羅威爾的表情忽然變得很溫柔。

「我在精靈界找到深愛的人，也已經結婚了。」

羅威爾出人意料的發言使羅倫與索沃爾驚呆了。

「在時機成熟前請為我保密，我的妻子是精靈界的女王奧莉珍。」

三人張口結舌，羅威爾繼續說：

「我在那個世界成了入贅女婿，也有一個女兒，長得像妻子，非常可愛喔。」

羅威爾笑著繼續說道，三人皆目瞪口呆。

羅威爾竟有如此巨大的轉變，從未見過他這麼幸福的笑容。

不，這才是羅威爾原本的面目。因為艾齊兒，羅威爾才隱藏了真正的模樣。

「索沃爾，我聽說你還有一個家庭。那個女人消失後，就叫你的家人來這裡住吧。」

「咦……」

「既然是你挑的人，就算市井出身也沒關係。」

索沃爾過於混亂說不出話，羅威爾看著他笑了。

因為羅威爾話裡的意思，等於是要把這個家交給索沃爾。

「我不適合當家，在這十年我深切地體會到了！大哥你不回來嗎？」

「我不會繼承家業……看我的樣子就知道了吧？」

羅威爾有些淒涼地說。羅倫已經眼眶泛淚，正靜靜地拿手帕拭淚。

「我已經是個半精靈了，人世必須由人來運作。」

艾伯特握緊拳頭咬住嘴唇。但是，索沃爾不願退讓。

「可是！可是你可以待在我身邊！人和精靈都能共存了！拜託，我想和家人在一起！不要再讓我孤單一人了！」

索沃爾苦苦哀求，羅威爾驚訝地睜大眼睛。

父親和兄長都不在，令索沃爾不知所措。他沒時間感到悲痛，魔物風暴的善後和治理領地的學習使他飽受折騰。

母親鬱鬱寡歡，能商量的對象只有羅倫，這時艾齊兒還嫁進門來，家裡被搞得一團亂。

當然還是有支持他的人在，不過艾齊兒的存在只是將他們一起導向更糟的結局。

羅威爾詢問母親的所在，聽聞她移居到別館，表示完全不想和這裡扯上關係，不願意出面。

索沃爾在這十年無法獲得家人的協助，一個人孤軍奮戰。

「大哥不幫我嗎？只有我一個人沒辦法的，領地的人民聽說大哥回來了都十分高興、激動！」

「……」

確實如此。因為家臣們吵吵鬧鬧，羅威爾被拉上了公開舞台。

如果這時候消失，又會引起騷動吧。羅威爾對此煩惱，不知該怎麼辦。

*

在水鏡的另一頭，艾倫和奧莉珍面面相覷。

「爸爸很煩惱呢。」

「哎呀，明明不用在意啊。」

「要去幫他打氣嗎？和爸爸約定裡的那個女人又不在。」

「哎呀，好啊。真不愧是艾倫！」

奧莉珍開心地抱起女兒，然後轉移。

突然從空中現身的兩個女人，使索沃爾他們嚇得身子後仰。

「親愛的，你在煩惱什麼？不能不重視最愛的家人吧？」

「爸爸，明明不用在意啊。」

妻女逼近羅威爾，他一臉為難，露出苦笑。

「你已經下定決心了吧？」

「嗯……騙不過妳呢。」

羅威爾擁抱艾倫她們，在兩人的臉頰上親吻。

「嗯，我知道了，索沃爾。」

下定決心的羅威爾，以溫柔的聲音呼喚弟弟。

「我來輔佐你。我不會消失的，放心吧。」

在魔物風暴中保住的領地與人民，羅威爾宣布將和胞弟一起守護。

「總之，明天一決勝負，知道了嗎？」

眼睛炯炯有神的羅威爾宣布後，高興得淚眼汪汪的三個男人不住地點頭。

三個男人的淚水總算止住時，羅威爾向他們介紹妻子奧莉珍。

「還需要介紹嗎？我以前不是一直和你在一起？」

「說得也是。」

「天啊……羅威爾大人締結契約的對象竟然是精靈王……」

「嗯，一般人都會感到訝異吧。」

「而且還有了孩子……」

「您好，我是女兒艾倫。」

行了淑女之禮後，艾倫發覺羅倫有些臉紅。

「多麼可愛的孩子啊，和母親長得很像，非常可愛，頭髮也和父親一樣翹起……妳太客氣了，我是總管羅倫，請叫我爺爺。」

「爺爺？」

艾倫歪著頭發楞，羅倫「呵呵呵」地笑著，表情有些害臊。

「哎呀！我竟然有了這麼可愛的孫女！太棒了，羅威爾少爺，奧莉珍夫人！」

「羅倫，克制一點，那不是你的孫女……」

羅倫不管羅威爾說的話，竭盡全力大喊：

「不不！就是她！長年以來我一直等著！唯有這個我決不讓步！」

艾倫目不轉睛地看著失控的爺爺。

感覺宛如看著失控的羅威爾，有一種親近感。

「艾倫小姐，有任何事都可以吩咐爺爺，爺爺會努力達成妳的要求！」

看著興奮得眼睛發亮的羅倫，艾倫決定說出一直忍耐著的事情。

「爺爺～」

「是，有什麼事？」

「這個房間很臭。」

艾倫揑住鼻子無精打采地說，羅威爾他們似乎想起了什麼，開始慌張起來。

「換房間！這個房間對艾倫的身體不好！」

這個房間是男性專用的吸菸室。

他們偷偷地換房間，因為那個莽撞的艾齊兒不知何時會衝進房間，在艾倫和奧莉珍被發現之前，羅威爾決定先讓她們趕快回到精靈界。

尤其還得製作明天離婚調停的證明文件，有很多事要做。

艾倫一邊讓羅倫撫摸著她的頭一邊心想，這方面的事情和地球的一樣麻煩啊。

「明天就是重頭戲了，妳能看著我嗎？」

「當然，親愛的。」

可是羅威爾把頭埋在奧莉珍的胸口，抱住她的細腰不願放開。

與艾齊兒對峙似乎使他的精神相當疲勞，察覺這點的奧莉珍笑著讓羅威爾撒嬌。奧莉珍撫摸著羅威爾的頭，她的模樣充滿了母性。

但是艾倫的頭腦告訴了她現實。喂喂，媽媽不是要和我一起回去嗎？艾倫覺得很受不了。

「爸爸真的很悶騷呢。」

男人都喜歡胸部嗎？艾倫以不屑的眼神說道。對女兒的話無法置若罔聞的羅威爾焦急地

從胸部抬起頭。

「艾、艾倫！妳從哪裡學到那種話的？」

「我每天都在學習！爸爸最喜歡胸部了！」

「我的確很喜歡！可是只喜歡媽媽的喔！」

「馬上改變態度承認悶騷，我認為爸爸很乾脆，非常帥喔。」

「咦？真的嗎？我很帥？艾倫，再說一遍！」

「悶騷的爸爸非常帥！」

「咦？總覺得無法坦率地開心！」

看著這對父女開玩笑，三個男人一臉糊塗。

「大哥竟然會那樣……」

索沃爾內心有點複雜地說，艾伯特也表示同意。

「不過，我認為那才是真正的羅威爾大人。」

「嗯，他十分幸福呢。」

被羅威爾捉住蹭臉的艾倫咯咯地笑。

羅威爾的年齡停在十八歲，幾乎沒有長鬍鬚。應該說，他本來就是幾乎不會長的體質。

雖然本人強調：「有啊！有長鬍子！看仔細！」不過即使被蹭臉也完全不會刺刺的，艾倫發自內心覺得真是太好了。

孩子的肌膚十分細緻，那種刺刺的感覺對小孩來說是一種凶器。

但是就羅威爾而言，因為刺刺的感覺被小孩討厭是一種浪漫。

（……我不懂啊。）

和羅威爾與羅倫盡情地玩夠之後，艾倫和奧莉珍一起返回精靈界。知道艾倫要回去的羅倫，露出非常寂寞的表情。

「爺爺，我會再來喔！」

「爺爺衷心地期盼妳再來喔！」

害臊、笑容滿面的羅倫十分可愛，艾倫跑過來在他臉頰上親了一下。艾倫她們揮手道別，然後轉移。

*

「羅威爾少爺……」

羅倫突然變回平時端正嚴肅的表情，然後轉向這邊。態度改變之快，令人想像不出剛才還在害臊，笑容滿面的慈祥老人就是羅倫。

「太優秀了，只能說太出色了。我至今從未見過那麼優秀可愛的孩子……！」

看到顫抖著握緊拳頭、眼眶泛淚極力強調的羅倫，雖然羅威爾有些被他的氣勢嚇到，仍

感到驕傲。

「我的女兒是世界第一。」

「誠然如此。」

艾倫擁有他至今從未見過的美麗眼眸。

散發美麗光澤的頭髮、遺傳了女神的，將來一定會變美的可愛臉蛋。看到那可愛的臉龐露出笑容，自己的心也會變得溫暖。

「雖說那個孩子與我血脈相連，但她幾乎算是精靈，儘管八歲了，成長卻很緩慢。那個孩子在精靈界也是特別稀有的存在，我不太想讓她到外頭去。」

「哎呀……竟是如此優秀的孩子！真不愧是羅威爾少爺的孩子。還和艾齊兒夫人的孩子年紀相同啊，我還以為她只有五歲左右。」

「和我的孩子年紀相同啊？」

「嗯，你說你在市井中有個孩子是吧？既然如此，更不用管那個女人的孩子了。」

艾米爾和市井中的孩子同年紀，令羅威爾有些驚訝。

即使能和艾齊兒離婚，但也有可能出現繼承問題。此時，有可能只有孩子仍留在夫家，為此需要離婚調停，不過索沃爾已經有別的女人和孩子了。

此外，既然艾齊兒曾在傭人們面前宣稱她的孩子不是索沃爾的孩子，就不可能讓孩子在凡克萊福特家設籍。

幸好孩子和艾齊兒長得很像，因為這是繼承王室血統的證據。

換言之，幸好艾米爾長得一點也不像索沃爾。

「索沃爾，如果有人問你，你就說不記得有和那個女人行房過。」

「……」

「事實上，你的確沒有記憶，沒錯吧？」

「是。」

「好。」

四個男人開始為明天做準備，調來文件互做報告。這時，女僕來傳話，說艾齊兒想和羅威爾共進晚餐。

「我們為了明天的事得製作文件，叫她自己先吃。」

「知道了。」

羅威爾斜眼看著鞠躬的女僕，下達指示叫羅倫陪著女僕。

「畢竟是那個女人，她大概會發脾氣吧？幫我轉告她，我等一切都平靜下來之後再和她吃飯。」

「知道了。」

羅倫和女僕鞠躬後便退下。

聽到羅倫會跟著，女僕露出非常放心的表情。

「這裡可不是妳的玩具箱。」

羅威爾緊皺眉頭厭惡地說。一定要把那個女人趕出去。之後，羅威爾和索沃爾兩人商議到深夜。

*

傳到城堡的消息令城外吵吵嚷嚷。

「明天，英雄將回到城堡」。

這些傳聞使國王慌了手腳，長達十年下落不明的男人回來了。

雖說藉由艾齊兒讓男人的老家升爵了，但並未給予羅威爾本人任何獎賞。

此外他的老家已經由胞弟繼承，國王和親信一直在討論應該給予羅威爾什麼獎賞。

「艾齊兒公主該怎麼辦……？」

突然被提出的問題使國王傷透腦筋。

艾齊兒對羅威爾的執著從以前就過盛。因為是晚生的孩子所以十分溺愛，事到如今，國王只感到後悔。雖然公主和當家已經有了孩子，但她一定會想要復合。

「聽說她和凡克萊福特家現任當家的感情很差……她大概會提出離婚吧。」

「羅威爾殿下在十年前撕毀婚約，正因如此，公主才能和索沃爾殿下結婚。羅威爾殿下不會想復合吧？更何況是胞弟的妻子。」

根據報告，艾齊兒的自由奔放令人看不下去，身邊的人都非常討厭她。羅威爾或許會要求艾齊兒回到城堡，當成十年前的獎賞。

「這一刻終於來到了……」

看到國王傷透腦筋，臣下全都無言以對。

「叫拉比西耶爾過來。」國王無力地說。

「王太子殿下請到這邊！」

大臣奉王命叫道。

為了整頓因十年前魔物風暴而疲弊的國家，國王迅速地把最麻煩的孩子塞到凡克萊福特家。現在，清算的時候到了。

凡克萊福特家當時同時失去了主人與繼承人。

明明知道被留下的未成年孩子難以整頓家中與領地，卻因害怕人民的聲音，受制於眼前的事，而把麻煩塞給他們。

雖然定期地持續送了不少錢財給凡克萊福特家，但是據收到的報告，聽說全都被艾齊兒花光了。

而且她仍嫌不夠，甚至對夫家的錢出手。聽說現在凡克萊福特家被艾齊兒害得經濟拮据。

因為當時艾齊兒還是未成年，她的任性才會被寬恕。原本以為她有了孩子，年紀增長後會變得成熟……

因羅威爾被發現而引起的騷動，讓國王想起了不願面對的現實。

忙於政事而放任不管的公主第一次讓國王覺得心煩。

羅威爾來到城堡的傳聞瞬間傳開了。

為了見證歷史性的一刻，人們向國王請求謁見，絕大部分的謁見請求都是因為想要見證羅威爾報告歸來的場面。

英雄歸來是非常值得高興的事，更何況羅威爾當時擁有軍方數一數二的實力。

最近，國境周邊充滿了火藥味。但是，在世人得知羅威爾歸來的瞬間，蠢動的黑影便完全消失了。

對於國家防衛擁有此等影響力的男人，使國王感到恐懼。

謁見的時間還沒到，然而，每當士兵前來報告民眾聽到傳聞興奮的模樣，國王都會冒出冷汗。他雙腳顫抖，體溫不斷下降。

「陛下。」

聽到有人叫他，國王不由得嚇得發抖。

「拉、拉比西耶爾……」

名叫拉比西耶爾的男人微微一笑。

拉比西耶爾今年三十二歲，是汀巴爾王國第一王子，膝下已有三個孩子。

相當於王太孫的王子有兩名，公主一名。長男十二歲，長女十歲，次男九歲。

拉比西耶爾十一歲的時候和差了五歲的羅威爾相遇。儘管當時羅威爾才六歲，卻具備連大人都相形見絀的口才。拉比西耶爾十分欣賞羅威爾出色的能力，因此很中意他。後來胞妹希望他成為未婚夫，拉比西耶爾便大力支持，想讓羅威爾當自己的妹婿。

羅威爾去了精靈界便下落不明，聽到他回來，拉比西耶爾心裡十分高興。

他走到寶座旁邊，在國王耳邊小聲地說：

「羅威爾大概不會饒恕陛下吧。」

國王臉色蒼白地看著竊笑著的拉比西耶爾。

「陛下，羅威爾的實力對國家而言是獨一無二的重要資產，不能再激怒他了。」

拉比西耶爾面帶笑容，眼睛卻沒有笑意。

「陛下還記得我當時的進言嗎？我說不可以理會艾齊兒說的話，但您卻被旁人的意見唆使，把麻煩事和艾齊兒一起塞給凡克萊福特家。」

也許是想起了當時的事，國王抱頭苦思，身體顫抖著沒有說話。不，他說不出話。

「羅威爾歸來，看到那個女人在家裡會有什麼反應……這種事態能輕易想像得到吧？」

凡克萊福特家被民眾當成英雄。

儘管是王命，但在市井傳聞中羅威爾冒犯了艾齊兒，所以才被推上魔物風暴的最前線。在民眾的認知中，這等於宣判死刑。

凡克萊福特家相繼失去站在最前線的當時的當家與繼承人，國王卻把罪魁禍首從兄長塞給了弟弟。

之後因為艾齊兒的所作所為，凡克萊福特家變得經濟拮据。領地民眾對於王室的反感高漲。

從魔物風暴保衛了王都的凡克萊福特家，是因為國王的不重視而敗亡。傳聞發展至此並未花上多少時間。

國王對守護人民的凡克萊福特家做出這種事，導致民眾支持度在這十年相當低落。

「陛下，只剩一條退路了。」

拉比西耶爾笑著進言。國王突然抬起頭，他的臉色抱著一絲希望，看得出來他十分拚命。

房間裡只有國王和他的兒子，沒有人聽到他們的談話。

「嗯，非常簡單就能擺脫困境喔。」

拉比西耶爾嘴角上揚。

＊

透過水鏡觀看的汀巴爾王國的城堡外觀，和德國三大名城之一霍亨索倫城堡很像，是一座十分美麗的城堡。

我最喜歡播報員在世界各地旅行，然後出謎題的節目。從小時候就一直收看，尤其最愛歐洲的街景。

位於德國南部的這座城堡建於山頂，周圍被雲霧繚繞，城堡宛如佇立在雲海中，因而非常有名。

這座城堡被森林圍繞，夏天樹木青翠，冬天被白雪覆蓋，從這座城堡眺望的景緻堪稱絕景。

沒錯，這座汀巴爾城也是位於城市中央、四周卻被森林環繞，是有點獨特的城堡。

城堡蓋在略高的山丘上，四周被森林環繞。穿過森林後是外牆、護城河，是一座頗具規模的城堡。或許森林可以算是城堡的庭院。

艾倫在轉生前不只非常喜歡城堡，也非常喜愛歐洲街景和外國風景。她也喜歡彷彿會發生在歐洲街上的故事。她會去買風景明信片，明明沒有去的預定，也會去要旅行的小冊子來看。

成為研究者的原因也來自於此。她對夢幻金屬、祕銀或山銅這種金屬很感興趣。

她想起每次創造出新元素時，都會心情激動地期待，做出祕銀或許不再是夢想。

（現在甚至變成精靈了，人生真是難以預料……）

艾倫眺望遠方想著這些事。

和奧莉珍一起住在精靈界的城堡，她曾興奮地在兩歲時不斷嘗試使用魔法，最後甚至可以飛在空中。她得意忘形地四處冒險，然後不停迷路。

她記得不知有多少次，父母十分慌張地讓城堡裡的精靈全體出動來找她。請各位想像一下不想被阻撓探險，而變得擅長偷偷行動和湮滅證據的兩歲小孩。大概是多心了才會想起每個人都在唉聲嘆氣的場面吧。

她一邊回想數年前的記憶，一邊透過水鏡熱衷地察看城堡的情況。奧莉珍笑著說：「妳在視察敵城嗎？」

（媽媽，這說法太誇張了吧？我只是單純地樂在其中啊。）

艾倫振作精神，繼續替羅威爾加油。

＊

「羅威爾‧凡克萊福特大人駕到！」

士兵大喊，然後大廳的門緩緩地打開。從門口堂堂現身的人影令所有人倒吸一口氣。

十年的歲月並未在青年的臉上刻劃痕跡，髮色和眼珠顏色完全沒有昔日的面貌。從他的模樣可以窺見魔物風暴的壯烈。

由於用盡力氣瀕臨死亡，因而使顏色脫落，變成了銀色的頭髮。

由於一直看著精靈界這個未知的世界，於是顏色產生了變化的眼瞳。

長時間沉睡的青年，他的時間似乎停止了。

雖然還是以前那副女孩們留戀的端正面容，但他的身影更加幹練了。

羅威爾來到國王面前跪下。

「抬起頭來。」

遵循國王的話抬起頭來的羅威爾，眼裡完全沒有笑意。

那並非凱旋歸來的得意表情，神色宛如與敵人對峙般，國王他們看了，背上竄過一陣寒顫。

他們知道，接下來將會發生不好的事。

羅威爾站在國王面前，國王聲音顫抖地慰勞他平安歸來。

他守護了這個國家，守護了人民。

每當提起羅威爾的功績，國王都認知到自己的所作所為有多殘酷。

「我想給你一些獎賞，你有什麼願望嗎？」

「恕臣下冒昧，我想要兩樣東西。不過，並不是物品。」

「……說說看。」

「請限制王室對我的家族的干涉，以及請您以親屬的身分出席胞弟，凡克萊福特當家——索沃爾．凡克萊福特的離婚調停。」

羅威爾的話使周遭的人開始交頭接耳。

凡克萊福特家對王室斷念了，旁人不禁如此解讀他的意思。

「羅威爾，這……」

「恕臣下冒昧。」

羅威爾打斷國王的話，周遭的人又開始嘰嘰喳喳。打斷國王的話豈止是不敬，可是周遭的人全被羅威爾的氣勢鎮壓。

羅威爾散發出非比尋常、寂靜的憤怒。

「提出離婚要求的人是索沃爾的妻子，這是艾齊兒的心願。」

這句話瞬間改變了所有人的認知：王室對凡克萊福特家斷念了。

王室與國家的象徵，同時也是軍方高層的一族為敵。

這件事使周圍的貴族開始吵嚷。這等於宣告了內部鬥爭爆發，周遭一口氣變得充滿火藥味。

至今對國家盡忠的忠臣之家不受重視，其他貴族對於國王的視線也變得非常銳利。或許是因為他們覺得明天就會輪到自己了。

如果被羅威爾棄而不顧，在國境冒起的戰火將會一口氣延燒至全國。

明明應該是慶祝英雄歸來的喜事，其他貴族卻要求國王說明這究竟是怎麼一回事。

「等等！艾齊兒要求離婚的理由是什麼！」

「她想嫁給其他男人。」

艾齊兒被視為不貞的發言，令國王更加慌張了。

「她該不會是想嫁給你吧，羅威爾？」

雖然國王責備艾齊兒不貞的原因出在羅威爾身上，不過羅威爾笑著說：

「我在十年前撕毀了與艾齊兒的婚約。正因獲得受理，艾齊兒才會和索沃爾結婚。我這十年也沒有離開精靈界。可是艾齊兒在我家的傭人等許多人面前宣稱，她的孩子艾米爾並非索沃爾的孩子。」

在許多人面前宣告的這段告白，豈止是王室之恥。

艾齊兒的不貞與凡克萊福特家無關。

國王聽了臉色發白。

周圍的貴族一口氣倒向凡克萊福特家。

要求給出說明的貴族把國王罵得目瞪口呆，說不出半句話。

但是，有一個人站了出來，擋在國王面前。

「……殿下。」

某個人的聲音在附近響起，充滿罵聲的場面漸漸地安靜下來。

拉比西耶爾沒有回應罵聲，只是堂堂地站著，直盯著羅威爾。大家看到他的樣子都閉上嘴巴，現場鴉雀無聲，拉比西耶爾開口說：

「由我代替國王回應羅威爾，國王對於愛女的所作所為深感痛心。」

他那堂堂的氛圍已經具備國王的威嚴，羅威爾看著他的模樣皺起眉頭。

「羅威爾，我在此宣告王室將會實現你的要求。不過，希望你能稍微讓步。」

「讓步？」

「你的家族是我國不可缺少的戰力，希望你能把力量借給我們。不是為了國王，而是為了人民。」

表情沉痛地懇求著的拉比西耶爾瞬間掌控了周遭的人們。

跟以前一樣啊。羅威爾的臉色非常不愉快。

雖然在王室成員中最討厭艾齊兒，但是她的兄長，「這傢伙」才是羅威爾的人生中最大的敵人。

艾倫和奧莉珍透過水鏡觀看事情的發展，總覺得代替國王出面的這個人飄散出一股討厭的氣氛。

「媽媽，這個腹黑的人是誰？」

雖然從「殿下」一詞便立刻得知他是國王的兒子，不過他引起別人同情的舉止看起來很刻意，令人十分厭惡。

這時艾倫的臉色和水鏡另一邊的羅威爾表情一樣，察覺到的奧莉珍大笑：「真不愧是羅威爾的孩子！」

「這位是王太子殿下，大概會是下任國王，爸爸從以前就很討厭他。」

「這個人身上是不是散發出黑色的奇怪東西？」

艾倫如此說道，奧莉珍露出驚訝的表情。

「妳已經看得到了嗎？」

「這是什麼？」

「唔嗯……雖然我覺得還太早，不過說明一下比較好呢。」

這座汀巴爾城堡，蓋在原本稱為精靈山丘的地方。

在經常目擊到精靈的這座山丘，人們聚集在此希望得到精靈的庇佑，因為尊敬精靈而建造了城堡，而主導這一切的人物正是汀巴爾王室的始祖。

「在這座城堡的森林，有一道連接精靈界與人界的門。向精靈請求魔法時，魔法的威力也會有提升的效果，所以才會被發現。」

原來如此。艾倫仔細聆聽母親的話，然後話題轉為這位殿下的靈氣。

「大概是前幾代吧？當時也有一個人很像艾齊兒，不過那時是一個男人。」

「……他做了什麼？」

「他開口要求精靈們把我交出來。」

「咦？」

「他激怒了所有精靈。」

「啊……」

「他沒有受到祝福，而是被詛咒了。」

「果然～……」

換句話說，王室的血脈激怒精靈而被詛咒，因此無法和精靈締結契約。那團靈氣就是詛咒。

透過水鏡看到的國王和艾齊兒身上沒有詛咒的黑色霧靄，是因為那兩個人原本就是精靈非常討厭的人。

不論有無詛咒都一樣，雖然詛咒本身不會消失，不過似乎淡薄到看不見黑色霧靄。

換言之，能看到霧靄，就表示殿下潛在的能力非常高。

「不過他每年精靈祭都會祭祀，希望精靈原諒他。」

其他國家尤其重視精靈帶來的恩惠。

但是這個國家的王族背負著不能使用魔法的不利條件。

「喔～所以他們才會那樣拜託爸爸啊。」

「就是這麼一回事。」

王室不能失去會使用魔法的人才，更何況羅威爾有精靈界女王這名同伴，這可是世上最強的組合。

人類與精靈在某種意義上算是共存。之所以說「某種意義」，是因為人類對精靈而言是「消磨時間」的對象。

「人類是短期間內能快速成長的種族。對於生存於永恆時光的精靈來說，無論好壞，沒有比這更有趣的存在了。」

艾倫明白奧莉珍話裡的意思，不過就曾經是人類的艾倫而言，也許沒有比他們更恐怖的存在了。人類對精靈來說只是玩具。

心血來潮覺得有趣才幫助人類。

但是，汀巴爾王國的人誤解這點，以高壓的態度與精靈接觸。

「媽媽……我和爸爸都是人類喔。」

艾倫有些悶悶不樂地說，母親露出十分溫柔的神情。

「……王國有精靈祭喔。」

「？剛才有聽妳提起。」

「每年王族都會毫無誠意地祈求喔。『為什麼要做這種事？為什麼精靈不聽我們的心聲？』」

在請求寬恕的祭典上想著這種事，大概是覺得精靈不會聽到吧？

「站在這樣的王族身邊的人，就是爸爸喔。」

奧莉珍嘻嘻地笑，艾倫納悶了。

「那時已經對艾齊兒感到厭煩的爸爸，在王族念完祈禱文的瞬間，小聲地嘟囔了『毫無誠意』。」

祈禱文唸完，人群散去，羅威爾一直靜靜地佇立原地。奧莉珍因而對羅威爾產生了興趣。

此外，那時羅威爾對著國王唸祈禱文的地方如此說道：

「精靈也不想幫助那種人吧？想必也很為難……」

看到面容憂愁的羅威爾，奧莉珍被激起母性本能，對他一見鍾情。

然後奧莉珍不顧守護精靈的制止，在羅威爾面前現了身。就這樣，她強迫羅威爾定下契約。

「媽媽……」

「什麼事？」

羅威爾是能站在精靈的立場思考事物的人。奧莉珍純粹出於興趣和他締結契約，之後一直待在他身邊。奧莉珍看著羅威爾，逐漸愛他愛得無法自拔，而羅威爾也一樣。

發現自己被迫聽了父母的戀愛故事的艾倫半睜著眼，忍不住問道：

「爸爸那時候幾歲？」

「印象中是人類的七歲……？大概吧。」

雖然歪著頭的奧莉珍很可愛，可是艾倫卻忍不住大叫：

「不行啊啊啊————！」

沒有想到在水鏡的另一邊，艾倫正在對奧莉珍說教的羅威爾，正與人生最大的敵人對峙。

「我家嗎？」

拉比西耶爾所言對於其他貴族而言也是理所當然，看著事情發展的貴族們投以懇求的視線。

要是現在羅威爾離去，國境冒著煙的火種將在瞬間點燃戰火。

「能決定這件事的人不是我。」

他在話裡暗示著，終究得依凡克萊福特家當家，也就是胞弟的判斷。

王室因羅威爾的回答而更陷入窘境。艾齊兒不貞所引起的事態之嚴重，可能會動搖整個國家。

「我知道。陛下會出席，我也會在場，艾齊兒的事是王室的責任。」

拉比西耶爾的話使得周遭人們吵吵嚷嚷。

王室全面承認錯誤，王族向來不會輕易地承認錯誤。

在旁人眼中，或許會認為是凡克萊福特家贏了王室，但羅威爾還是忍不住咂嘴。

不認同對方的謝罪是令第三者反感的行為。如果只是羅威爾的事，他並不會在意，但這關係到索沃爾的今後。

羅威爾設法壓住焦躁感，然後說道：

「之後的事就交給司法局吧。」

「嗯，這次辛苦你了。」

羅威爾向拉比西耶爾致謝，然後當場離去。

等到不見他的人影，看著事情發展的貴族們陷入恐慌。

王室與凡克萊福特家因為艾齊兒而面臨訣別的危機。

傳聞瞬間在全國甚囂塵上。

躲起來看著謁見的弟弟索沃爾止不住嘆息。

「真不愧是大哥……」

羅威爾不遜於王室成員的應對進退令他不禁感嘆。如果是自己在那種場合，一定會怯場。

羅威爾完全沒有說謊，但是，事態的發展方向與艾齊兒所想的完全不同。

一邊控制現場一邊操控別人的心情，讓事情按照所想進行，這不是能輕易辦到的。

但是羅威爾發過誓，他要輔佐索沃爾。

透露出是否幫助王室全看凡克萊福特家當家的一句話，使得索沃爾的地位瞬間穩若泰山。

之前，當家只能被迫接受艾齊兒的不貞與蠻橫。一部分人也許會嘲笑他，兄長現身後才總算能反擊啊？但羅威爾帶來的一句話清除了雜音。因為王室，現在凡克萊福特家等於是宣告向王室斷念了。

但是，王族也反擊了。

如果被羅威爾放棄，周邊諸國會一口氣進攻這個國家吧。

只想自保的貴族將一齊逃出，留下無法抵抗的人民。

凡克萊福特家一直守護著人民。那位殿下預見這點，因而開口謝罪。

如果被羅威爾拋棄，這個國家就完了。如此一來，人民該怎麼辦呢？

這等於把人民當成人質。

那位殿下利用這個困境，讓事情照他所想進行。索沃爾似乎也能理解羅威爾厭惡他的理由了。

羅威爾的謁見正好結束時，不被允許參加的艾齊兒在其他房間和女兒一起發脾氣。

由於羅威爾謁見時，擠滿了想看英雄一眼的貴族們，所以人數被限定，規定只有當家能夠獨自參加。

「為什麼我不能在場！」

我是公主耶！一有事情艾齊兒就大叫，連艾米爾也乘機對女僕發脾氣。

「不讓我去參加父王的謁見太過分了！」

艾齊兒靠近女兒，安慰悶悶不樂的她，並且大叫：「你看我女兒這麼難過！」

「非常抱歉，羅威爾殿下謁見時，規定只有各家當家才能在場。」

「你說什麼！我是這個國家的公主耶！丈夫謁見時在場是理所當然的事吧！」

對於「丈夫」這一詞，出面應付艾齊兒的騎士和女僕面面相覷，陷入混亂。

「非常抱歉……凡克萊福特家當家在其他房間等候，並沒有參加羅威爾大人的謁見。」

「你說什麼！」

艾齊兒怒目而視。她誤以為是因為她仍是索沃爾的妻子，所以才不能參加謁見而悔恨不已。

應該先去司法局離婚的。她氣得把手上的扇子扔到地上。

＊

拉比西耶爾呼叫從司法局前來的負責人，然後叫在城堡的其他房間等候的艾齊兒過來。

艾齊兒來到房間，從她背後現身的艾米爾使其他大人心生動搖。

「竟然把孩子帶來這種地方……」

「說那什麼話？正因是這種地方啊。對吧，艾米爾？」

「是的，母親大人。」

其他大人納悶地看著驕傲自滿的這兩人。

「艾齊兒。」

「拉比西大哥！」

「艾米爾也好久不見呢。」

「是。」

拉比西耶爾撫摸艾米爾的頭，他們的樣子就像回老家玩的一家人。

這時，司法員催促他們過來集合。

「艾米爾，這裡是艾齊兒和索沃爾協商的地方，妳到這邊來。」

「是。」

艾米爾老實地聽從拉比西耶爾的指示，看得出來她原本個性老實。

其他大人以憐憫的眼神看著她。她能否承受接下來在眼前發生的事？

「現在開庭。」

聽到司法員的聲音，索沃爾和艾齊兒面對面站立。他們互相瞪視的模樣，令其他人確實感覺到他們即將離婚。

「這個法庭是應艾齊兒・凡克萊福特的請求而開庭，確實無誤吧？」

「沒錯。」

「索沃爾・凡克萊福特對這次的開庭有異議嗎？」

「沒有。」

「好。艾齊兒・凡克萊福特希望和丈夫索沃爾離婚，聽說理由是為了到其他男人身邊……是嗎？」

「哼，正是如此，當然啊。」

艾齊兒理所當然的態度令司法員皺起眉頭，可是艾齊兒並未察覺。

艾齊兒對問題的回答全被記錄下來。

「艾齊兒・凡克萊福特，妳違反了向神起的宣言。犯下此罪的罪人今後不得再發出結婚宣言。」

「什麼……這什麼意思！」

「妳違反了互相扶持的誓約，儘管有丈夫，卻思慕其他男人，這個孩子就是不貞的證據。並且，過度浪費也相當於違反誓約。」

「你說什麼！我只是要回到未婚夫的身邊！」

「……未婚夫？」

「就是羅威爾・凡克萊福特！」

司法員藏不住疑惑的表情。

「那份婚約已經撕毀了。而且聽說羅威爾殿下這十年來都不曾回到人界……」

「他已經決定來迎接我了！」

艾齊兒堂堂正正宣稱她的主張，司法員瞪大眼睛。

「羅威爾殿下，這……」

「我並沒有要迎接艾齊兒。精靈界與人界被隔絕，前些時候回到老家時，我才得知艾齊兒嫁給了弟弟。」

「喔……」

想必他聽過了艾齊兒的傳聞吧。

司法員看著艾齊兒的眼神有點奇怪。

「胡說什麼！羅威爾大人忘不了我，你連這種事都不懂嗎！」

事已至此，可以了解艾齊兒有多麼異常。

同情的視線投向嘆息連連的羅威爾和索沃爾。

「不用在意我們，請繼續。」

「了解。」

司法員無視艾齊兒的主張，接著宣讀艾齊兒的罪狀。

艾齊兒聽了之後臉色愈來愈差。

「索沃爾．凡克萊福特、艾齊兒．凡克萊福特的離婚調停就此結案。」

「騙人！等一下，為什麼我不能和羅威爾大人結婚！」

司法員的宣言發動了誓約魔法，完全消除了艾齊兒的叫聲。

艾齊兒的雙手發光，浮現出彷彿荊棘的花紋，那花紋變成斑點，營造出宛如雙手被手銬銬住的氛圍。

「這是什麼！」

「是女神華爾的定罪，妳今後不僅不能嫁給其他男人，就連觸碰都不行。」

「你說什麼！」

艾齊兒一邊跑向羅威爾一邊大叫「救我！」。

「羅威爾大人～！」

想要抱住他的艾齊兒，突然像是撞到牆壁般倒下。

此外，微小的電擊發出「啪嘰」的聲音落在艾齊兒身上。

「呀啊啊！」

「母親大人！」

冷冷地看著眼前這一幕的羅威爾吐出一句：

「不是才剛說不要靠近男人嗎？」

至今一直靜靜看著的國王和拉比西耶爾靠近艾齊兒身邊。

「艾齊兒……妳竟然如此愚昧……」

「父王！這一定是弄錯了！」

國王無視艾齊兒的主張，走到索沃爾身邊。曾與索沃爾對立的國王向他鞠躬。

「我女兒對不起你……」

國王的臉色疲憊至極，索沃爾只能無言以對。

國王的模樣瞬間老了許多，雖然索沃爾臉上沒有顯露出來，但是內心十分驚訝。

「是我出此下策……我過於相信如果她嫁給了你，就會變得成熟一點……」

「我也要謝罪，我沒想到胞妹竟如此愚蠢。」

「父王、大哥！你們在說什麼！」

「艾齊兒，住口。索沃爾，今後我會看緊女兒。雖然尚未宣布，不過這場騷動我會負起責任，我決定退位，真的很抱歉……」

「太遺憾了，艾齊兒，妳把父王逼入絕境。」

「什麼……到底在說什麼……？」

艾齊兒仍然無法理解自己置身的處境，她不知所措地環顧四周。

但是，所有人都以銳利的目光看著她，只有她的女兒對她還算好，只露出困惑的神情。

「父親大人……父親大人會拋棄艾米爾嗎？」

艾米爾的淚水在眼眶打轉，羅威爾笑著對她說：

「我不是妳的父親。」

「咦？」

「妳也不是我弟弟的孩子，妳是艾齊兒不知和哪個男人所生的孩子。關於妳真正的父親是誰，去問妳的母親大人吧。」

「……咦？咦？」

「妳繼承了王室的血脈，今後他們會照顧妳。」

「怎麼會……」

艾米爾難以置信地呆立原地，羅威爾撇下她走出房間。

跟在後面的索沃爾似乎想起了什麼，他若無其事地開口：

「艾齊兒，妳亂花的家裡開銷，我會向王室索討。我會把妳的私人物品寄過去，不准再踏進我家一步。」

吐出這句話的索沃爾離開了房間。

＊

母女透過水鏡看到事情平安落幕便放心了。

「比想像中進行得更順利呢。」

「是啊……」

奧莉珍似乎因為一些不能理解的事情而沉思著，艾倫對此感到困惑。

「怎麼了嗎？」

「唔嗯～那個王子靜靜地看著事情發展……感覺有什麼內情。」

「喔～腹黑先生啊。」

「腹黑是什麼意思……？」

「就是肚子裡黑心腸啊！意思是耍陰謀的人，或是陰險、壞心眼的人。」

奧莉珍聽完之後大笑。

＊

拉比西耶爾在自己的房間裡倒葡萄酒，他向理應沒人的背後搭話：

「你也來一杯嗎？」

「……被你發現了。」

被搭話的羅威爾有些驚訝。

「只是玻璃杯上映出了你的身影，你知道我們王族無法借助精靈的力量吧？」

拉比西耶爾邊說邊喝了一口葡萄酒。

「……如你所願讓你滿足了嗎？」

聽了羅威爾的話，拉比西耶爾發出笑聲。

「滿足啦，礙事的父親與妹妹都趕走了。美中不足的一點，就是你太晚回來了。」

「我本來不打算回來的。」

「嗯，我聽說了。你在精靈界組了家庭吧？」

羅威爾聽了拉比西耶爾的話，皺起眉頭。

「聽說你有個非常可愛的女兒，我很在意。如何，要不要和我兒子見個面？」

「我拒絕。」

羅威爾毫不客氣地吐出這句話，拉比西耶爾笑了。

「你在記恨我把艾齊兒塞給你弟弟嗎？我有試圖阻止喔。」

「誰知道呢？那個艾齊兒會跑到醉倒的弟弟的寢室？我不覺得她會想到這種伎倆。我不在的這個家，你會連自己的妹妹一同摧毀吧？」

「哈哈哈。」

拉比西耶爾笑到受不了。羅威爾立即明白，索沃爾的不幸顯然是這個人出的主意造就。

「我沒料到你會變成入贅女婿……」

「真可惜呢。」

「真的，我很希望你當我妹婿。」

「真噁心。國王承諾給我獎賞，以後請王室別再和我的家人接觸。」

「……」

拉比西耶爾聽了羅威爾的話，不禁嘆了一口氣。

「這次我就先抽身了，畢竟還有艾齊兒的問題。」

「今後也是喔，殿下」

羅威爾說完後，便轉移消失了。

房間裡已經沒有別人，而拉比西耶爾獨自笑著。

＊

艾伯特前來迎接回到宅邸的羅威爾。

「您回來了。」

「索沃爾呢？」

「他比您早一步回來，今天值得慶祝一番……」

「艾伯特。」

「是，有什麼事……」

「雖然不知你是否是為了這個家，不過別再觸怒我了。」

「…………」

「既然你分不清誰是主人，我就讓你離開索沃爾身邊。你暫時閉門反省吧。」

「……我明白了。」

羅威爾經過維持鞠躬姿勢，一動也不動的艾伯特身旁，走進了宅邸。

羅威爾一踏進玄關大廳，便看到索沃爾和上了年紀的母親。

扶著母親肩膀的索沃爾看著他微笑。

「母親！」

「啊啊，你的模樣……你是羅威爾吧！」

羅威爾和母親伊莎貝拉感動地擁抱，傭人和女僕們流著淚拍手。

「你平安無事……啊，模樣卻變了這麼多……」

伊莎貝拉看著羅威爾的眼睛，並撫摸他的頭。那頭髮看起來像是脫落了顏色，她心痛地為此瞇起眼睛。

「抱歉我離家這麼久。」
「這不怪你。你說過，一想到要被迫和那個女人結婚，大概就不會回來了。」
「被看穿了嗎，真傷腦筋。」
「可是，沒想到那個女人會嫁給索沃爾……我聽索沃爾說了，你把她趕走了。」
「嗯，我不想回到老家又要看到那個女人。」
「真的。」
羅威爾把手帕拿給又哭又笑的伊莎貝拉，催促她移動到房間裡。
「感謝大家辛苦地忍耐到今天！那個女人已經被送回王室了。今天也是大哥歸來，值得高興的日子。雖然準備不周，我們來舉行宴會吧！」
索沃爾的喊聲令傭人們「哇～～～」地歡聲四起。
「在準備好之前也有很多話要說吧？來，走吧。」
羅威爾伸出手，伊莎貝拉開心地抓住他的手臂。索沃爾在後面，向羅倫發出一個接一個的指示。
「把那個女人的東西整理好，明天要送去城堡。」
「知道了。」
「話說你有看到艾伯特嗎？」
「他應該在正門等著羅威爾少爺……」

納悶的索沃爾去找羅威爾，想問他發生了什麼事。

一走進房間，便看到羅威爾和伊莎貝拉坐在椅子上聊天。他說了句「不好意思」，插入他們的對話。

「大哥，你知道艾伯特在哪裡嗎？」

「我叫他暫時閉門反省。」

「咦？」

「他口風不緊，不值得信任。我也叫他別再跟著你。」

「發、發生了什麼事？」

艾伯特服侍凡克萊福特家將近二十年。索沃爾和伊莎貝拉與羅倫睜大眼睛，不知是怎麼回事。

「這是怎麼回事？好好說明。」

才剛回來不久，究竟發生了什麼事？伊莎貝拉露出惱怒的臉色。

「我還沒告訴母親，我在精靈界和心愛的人結婚了，也有了一個女兒。」

「哎呀……！」

「我的頭髮和眼珠是變成半精靈的證據，多虧如此壽命延長了許多。」

「哎呀，真是令人羨慕。所以才沒有年紀增長的樣子呢。」

「母親……」

索沃爾對伊莎貝拉輕微的反應感到頭痛。自己知道這件事情時明明受到極大的衝擊，而伊莎貝拉有時會展現出連前當家都感到吃驚的膽識。

「這件事和艾伯特有什麼關係嗎？」

「是。包括我在內，妻女都是精靈，我只有告訴過艾伯特、羅倫和索沃爾這一事。儘管如此，卻立刻讓殿下知道了，殿下說想讓兒子和我的女兒見面。」

「……天啊。」

「我暫且取得王室不會和我的家庭有所接觸的承諾……不過遇上那位殿下，應該是白費工夫吧。」

羅威爾說完嘆了一口氣。

「王室因為一些緣故不能和精靈接觸。關於這點，殿下大概是想利用我的女兒設法解決問題吧。真可惡……」

羅威爾吐出這句話，羅倫怒目而視。

「艾伯特把艾倫小姐當成了交易籌碼……」

「沒錯。正因知道會變成這樣，我才只告訴信任的人我和精靈結婚的事……」

「竟然做出背叛的行為，要把他處理掉嗎？」

從羅倫身上冒出的殺氣使伊莎貝拉和索沃爾嚇得晃了下肩膀。

「……別這樣，這種行為會讓父親的心願付之一炬。」

羅威爾皺起眉頭，伊莎貝拉和索沃爾也跟著緊皺眉頭。

原本凡克萊福特家是武家門第。當然，這個家的總管、傭人和女僕都擅長戰鬥。正因如此，羅倫的話才沉重無比。

「……艾伯特對於救了自己性命的父親感恩戴德，他或許是向王室試探了關於艾齊兒的事。」

其他人也同意含糊其詞的索沃爾。

雖然明白其道理，不過就羅威爾而言，心愛的女兒被王室盯上可就另當別論。

「大哥，抱歉。會變成這樣都是因為我不中用……」

「算了。哎呀，雖然得小心提防，不過重整旗鼓之後，就能光明正大地介紹我的妻女了。」

「哎呀哎呀！趕快介紹給我認識啊！那個女人的孩子長得很像她，真是太糟了，而且索沃爾都不把在外面生的孩子帶回家！」

伊莎貝拉的話使索沃爾變得鬱悶，不過興奮的伊莎貝拉不理會他，這時羅倫向伊莎貝拉說了艾倫的事。

「羅威爾少爺的孩子非常可愛喔！是被女神愛著的優秀孩子。」

「你說什麼！」

羅倫害臊的表情令伊莎貝拉吃驚，她內心充滿期待。

「何時要帶她過來？」

伊莎貝拉興奮地逼近羅威爾，羅威爾只能苦笑。

透過水鏡察看情況的艾倫一臉嚴肅，奧莉珍「哎呀呀」地笑了，艾倫非常殷切地希望他們不要過度期待。由於過度緊張，不知何時會被叫去，她全身僵硬。奧莉珍若無其事地說：

「艾倫，沒事的～」

「媽媽不害怕嗎？對方可是妳的婆婆耶！」

「妳已經學會這種詞語啦？好厲害～」

「不是這個意思！如果她很可怕那該怎麼辦？」

「沒事的。如果相處不融洽，別再見面就好啦。」

「說得這麼輕鬆！不過很有媽媽的風格！」

和奧莉珍對話的同時，她們馬上被羅威爾呼喚了。

「親愛的～～！」

奧莉珍硬是抱起還沒調適好心情的艾倫瞬間轉移，艾倫對此有些埋怨。

「奧莉、艾倫！」

艾倫被父母夾在中間，緊～緊地抱住。

「爸爸，辛苦你了。」

她在被抱著的狀態下，慰勞般地撫摸羅威爾的頭，對此非常感動的羅威爾大叫：

「喔～艾倫～」

她被抱得更緊，頭也被撫摸著，羅威爾笑得比平常更開心。艾倫因為癢而笑起來，這時從遠處傳來「哎呀哎呀哎呀！」的興奮聲音。

艾倫嚇到，頭轉向聲音的來源。看見艾倫的伊莎貝拉的眼睛閃閃發亮。

糟了……艾倫臉色發青。

「母親，我來向您介紹。這是我的妻子奧莉和女兒艾倫。」

「好久不見。」

「初次見面……我是艾倫。」

相對於艾倫的淑女之禮，奧莉珍十分坦蕩蕩。

「難道是，羅威爾的精靈……？」

「沒錯，她是精靈王。」

「精靈王……？」

「我在這個世界被稱為初代女王或是萬物之母，再次自我介紹，我是奧莉珍。」

「天啊……」

伊莎貝拉非常吃驚，奧莉珍抓住艾倫的肩膀，把她向前推出。

「妳的孫女是下任的精靈界女王，我們母女倆還請妳多多指教。」

不過伊莎貝拉當然難以接受，她的兒媳婦竟然不是人類。

艾倫坐立不安，她很難為情，不由得忸怩起來。

伊莎貝拉察覺到艾倫的異樣，表情變得和藹可親。她彎下腰和艾倫目光相對。

「我的孫女將來是精靈的女王……太優秀了。」

她臉上溫柔的笑容，和羅威爾一模一樣。

艾倫不由得睜大眼睛，伊莎貝拉微微一笑，對她說：「能叫我一聲奶奶嗎？」

「呃……奶，」

周遭的人都靜靜地看著，艾倫太過害羞，臉頰泛紅低聲叫了聲「奶、奶奈……」

（啊啊啊，太緊張咬到舌頭了！）

不過伊莎貝拉忽視艾倫慌張的模樣，聽到被這樣叫了之後突然發出叫聲。

「呀啊啊啊啊啊！」

艾倫嚇了一跳。

「聽到了嗎？喂，你們有聽到嗎？多麼可愛啊！」

艾倫被伊莎貝拉一把抱住，然後睜大眼睛。

「是吧！艾倫小姐是十分優秀可愛的孩子！」

羅倫握緊拳頭乘機開口，艾倫希望有人來阻止他。

「爺爺……」

「呵呵！怎麼了嗎？艾倫小姐。」

「羅倫……你讓她叫你爺爺啊？真內行的嗜好呢。」

「是的。讓艾倫小姐這樣叫我，爺爺也變年輕了呢！」

「請請，到這邊來。」在羅倫的催促下，艾倫的手被伊莎貝拉牽著，在沙發上坐下，坐在旁邊的伊莎貝拉忙著照顧她，羅倫興沖沖地準備點心。

「哎呀呀～」

「雖然我懂他們的心情，但艾倫很受歡迎呢……」

「母親……」

驚愕中的三人因為剛才險惡的氣氛消失無蹤而放鬆了警戒，不過伊莎貝拉似乎沒有忘記。

「羅倫，我十分了解你的心情。該如何處置艾伯特呢……」

伊莎貝拉的表情和羅威爾同樣冷峻，艾倫慌了起來。

羅倫把茶水準備好之後，其他三人也在艾倫的對面坐下。

「在孩子面前不該談這個，這件事之後再說……來，點心準備好了。」

點心直接塞到艾倫面前，其他人露出苦笑。這是艾倫的點心，羅倫的意思很明顯。

而艾倫沒有發覺，她在這個世界第一次見到點心，因而歡欣雀躍、興奮不已。

這個世界的飲食文化並不發達，點心大多很樸素。汀巴爾王國的主食是小麥做成的麵包，點心則接近地球上中世紀時期的甜點。點心常用於喜慶，只有教會和貴族世家才做得出來，一般人沒有機會吃到。製作的點心也幾乎都是以麵粉為主體，加上雞蛋、起司和一些辛香料的樸素點心。眼前的點心很像圓形的國王餅。

法式烘餅有各種形狀。有餅乾型的布列塔尼酥餅，此外還有布列塔尼風格法式烘餅，是可麗餅的來源。

烤成圓形的薄麵皮，加上雞蛋和火腿、起司和培根等配料，上下左右摺疊，做成四邊形的點心非常有名。

羅倫把點心切開，擺在眼前的點心看起來十分閃耀。

自轉生以來，艾倫還沒吃過點心。應該說，精靈幾乎不需要進食。因為艾倫身上流著人類的血液，所以多少得攝取一些食物，至於羅威爾，他當然必須吃飯。

精靈多少會攝取些花蜜或吃點水果，不過，只會吃一點點。

羅威爾與艾倫需要有一定程度的飲食，他們以吃精靈帶來的水果為主，有時也會到人界吃飯。

艾倫似乎被發現她的眼睛正在閃閃發亮，她注意到周遭大人笑著注視她的目光，想起現實的情況。

糟了，這是伊莎貝拉在試探我。擅自這麼解釋的艾倫，身體變得僵硬。

她端正姿勢，正襟危坐，表現出對點心沒興趣的樣子。

（或許已經太遲了……）

「哎呀，怎麼突然一本正經的？」

奧莉珍納悶道。伊莎貝拉察覺到了，催著她：「快吃啊。」

看到伊莎貝拉喝了紅茶，艾倫也拿起叉子，羅倫看到她的動作不禁欽佩。

「用餐禮儀在精靈界也和這裡一樣嗎？」

「不～精靈幾乎不用吃飯，所以等於沒有用餐禮儀，甚至也沒有一起用餐的行為。是你教她的嗎？」

奧莉珍詢問羅威爾，他回答：「我沒教過喔。」

艾倫完全沒察覺大人的這些對話，她因為在這個世界首次吃到的點心食指大動。

（好甜～！）

有加砂糖讓她覺得很開心。

這個法式烘餅有可頌般的層次，咀嚼後樸素的甜味便在口中擴散。

每一口都令她流露出「哇啊啊」的幸福感。正因明白這是很難吃到的東西，因此她很珍惜地享用。

艾倫小口地品嚐，回過神來，周遭大人的目光全都集中在她身上了。

艾倫突然臉色發白，不知自己做了什麼，她慌張地看著大人的臉。

「啊～……多麼可愛啊。沒想到連吃東西的樣子都這麼可愛……」

伊莎貝拉陶醉地說，艾倫不知發生何事而嚇了一跳。

（不不，因為是小孩，所以嘴巴小啊！）

艾倫慌張的樣子也看起來令人欣慰，羅倫和伊莎貝拉大方的樣子令她有些退縮。

羅威爾偶爾也會這樣，這說不定是這個家特有的反應。

「艾倫，來，啊～嗯。」

伊莎貝拉伸出叉了一小片點心的叉子。

艾倫不由得反射性地大大張開嘴巴。「呀啊啊～真可愛～！」這時伊莎貝拉發出了尖叫聲。

「母親，妳餵她是沒關係，不過這樣艾倫會吃不下晚餐喔。艾倫和我食量都很小。」

「這可不行！」

艾倫正要從「啊～嗯」的狀態閉上嘴巴的瞬間，伊莎貝拉突然把叉子拿開。艾倫大力地闔上嘴巴。

「……」

「……」

沒想到會被拿走，她不由得垂頭喪氣，眉毛下垂，讓伊莎貝拉苦悶不已。

「啊啊啊，對不起，艾倫！不過沮喪的艾倫也很可愛啊啊啊！」

羅威爾、奧莉珍和索沃爾因為這意料外的情況而笑得肩膀晃動。

羅倫不論艾倫做任何事都會露出微笑，總是表情柔和。

「嗯，暫且不說這個……今後該怎麼辦？我要幫忙家裡的事業嗎？可以的話我不想和騎士團有所接觸。」

「大哥，你真的要幫忙嗎！」

索沃爾緊咬羅威爾的話。

「有奧莉和艾倫在，所以我不能住在這裡，我會從精靈界往返這裡。」

「哎呀，羅威爾，你們不住這裡嗎？」

「因為一些緣故，我的妻子不能長時間待在人界。」

「哎呀……這樣啊。」

聽到伊莎貝拉的疑問，奧莉珍若無其事地微笑以對：

「若我待在這裡，會因為力量太強大而對人界造成影響。因為我擁有豐饒之力，這一帶可能會瞬間變成森林，所以再待一會兒我就要回到另一邊了。啊，不過艾倫沒關係喔。」

聽了奧莉珍的話，伊莎貝拉順勢向艾倫說：「今天就留下來住一晚吧！」

（咦？那已經決定……）

「哎呀，好啊。偶爾盡情享受人界也不錯啊，艾倫。」

艾倫不快地看著滿不在乎、隨口說說的羅威爾。

「因為爸爸要向媽媽撒嬌，所以我就留下來住一晚！」

艾倫充滿自信，自認懂得察言觀色。羅威爾卻不禁嘆息：「聰明也要有個限度啊！」

＊

不時會有人餵食艾倫，她嘴裡被蛋糕占領，不停咀嚼，大人們在安詳的氣氛中聊得很起勁。

「聽說艾倫是精靈，是哪種精靈呢？花之精靈嗎？」

艾倫在喝紅茶時被問了這個問題。他們在打量我嗎！她不由得緊張起來。

伊莎貝拉若無其事地詢問。這可以說嗎？艾倫向奧莉珍請示，得到的回答是「可以喔」。

「我掌管元素。」

「……元素？」

「嗯～例如盤子裂成碎片的話會變成很多塊吧？」

「是啊。」

「然後再不停反覆打破變成粉末，接著又再把它粉碎，變成眼睛看不見的顆粒。已經無法再分裂的物質就是元素。」

「那麼小的顆粒嗎……？」

感覺被誤以為是她的力量很小，艾倫急著說明。

（我要向奶奶表現出我是優秀的孩子！）

「嗯……我能用萬物根源構成的無法再分割的要素，或是用與原子序數相同的原子，藉由構造排列構成物質……」

周圍的大人都目瞪口呆。

糟了，這不曉得該如何說明。

「啊，那這樣如何呢！」

雖然慌慌張張，但她決定用在羅威爾與奧莉珍的結婚儀式上變出來的鑽石來說明。

「這叫做碳，也就是木炭。」

話一說完，她變出孩子手掌大小的木炭。突然出現的炭塊令這群大人大吃一驚。

「木炭有三種……請想像成積木。即使是同樣形狀的木炭，依照組合方式，可以讓它們變成無定型碳、石墨、鑽石。」

「用木炭……變成鑽石！」

索沃爾一臉訝異。

「意思是，木炭和鑽石是相同的。只是形狀不一樣，卻是由相同物質所構成。」

「妳說什麼……木炭是……？」

「女兒也有向我說明過，但我仍然無法理解，所以我能明白你們有多驚訝。」

「我們精靈能理所當然地掌握事物的本質……這很難向人類說明呢。」

奧莉珍也露出苦笑。

「我是掌管一切元素的精靈，能夠自由自在地操控構造排列。像這樣……」

艾倫手上手掌大小的炭塊瞬間變成了鑽石原石。

伊莎貝拉、羅倫、索沃爾啞口無言。

「這是鑽石原石。」

艾倫把它交給索沃爾，索沃爾驚訝地反覆看著艾倫和原石。

在鴉雀無聲的室內，艾倫吃著蛋糕，羅威爾和奧莉珍優雅地品嚐紅茶，這時索沃爾終於開口了。

「換句話說……也能自由自在地變出礦物嗎？」

「可以啊。看，這是黃金。」

桌子中央突然變出大量的金塊，「隆隆隆！」地堆成金字塔形狀。聽得出重量感的聲音又令索沃爾他們張口結舌。

附帶一提，每個金塊正好都是一公斤。

「什麼……！」

「所以我才說啊，不想讓她到外頭去。」

羅威爾一邊苦笑一邊嘆氣。

艾倫的能力在兩歲時被發現，因為她藉由構造排列的變換做出了各種東西。

「對吧？要是被王室知道這孩子可不妙吧？」

羅威爾尋求同意，伊莎貝拉、羅倫、索沃爾頻頻點頭。

索沃爾不知該怎麼處理拿在手上的鑽石原石。

「呃～大哥……這個。」

雖然他想還給羅威爾，羅威爾卻反問：「這要怎麼辦？」

「賣掉就好啦。」

艾倫搞不清狀況地回答，吃驚的索沃爾和伊莎貝拉與羅倫連忙阻止她。

「不行啊，艾倫。世界上沒有這麼大的鑽石啊！會引起騷動的！」

聽了伊莎貝拉的話，艾倫心想說得也是，然後把鑽石原石接過來。

「那，這樣做就好啦。」

大顆鑽石在艾倫手中粉碎成約一公分的各種形狀，這令三個大人又說不出話了。

「給你。」

艾倫笑著拿給索沃爾，索沃爾一臉呆滯地接過。

「艾倫說要給你，你收下不就好了嗎？」

羅威爾若無其事地催他收下，索沃爾的身體像是生了鏽般，動作變得很遲鈍。

「話說這座金山該怎麼辦？艾倫變出太多啦～」

受到奧莉珍責備，艾倫說：「以後我會注意的。」注意力卻只擺在蛋糕上。

「等等，這真的……」

「要賣的話，一點一點地拿去賣比較好，因為可能會打亂市場的平衡。啊，金塊完全沒有雜質，反過來混些雜質再拿去賣或許會比較好。」

艾倫又大口咀嚼蛋糕。僵硬的三人之中，最快恢復的人是羅倫。

「艾倫小姐，這些真的可以拿去賣嗎？」

「可以啊！然後請再買蛋糕回來！」

她心情愉悅，滿心期待地說，羅倫苦笑道：「豈止蛋糕，還可以買許多東西喔。」

「總之，這個孩子要是落入王室手中，肯定會造成意想不到的後果，這些事絕對不能向外人提起。羅倫，拿去賣的話，必須想好其他入手鑽石的來源。」

伊莎貝拉的話令艾倫感到沮喪，她沒有想得這麼仔細。

「既然這樣，我們有沒有礦山？我可以把鑽石變成從礦山挖掘出來的樣子！」

她順勢說道，這次三人沒有張口結舌，而是嘆氣連連。

艾倫手足無措，不知自己是否說了不該說的話。

「多麼聰明的孩子啊……」

「嗯，真的是精靈呢……可以做到這種事。」

索沃爾他們不禁佩服，真不愧是豐饒女神的孩子。

「說到礦山，倒是有一座小礦山。」

「現在已經幾乎開採不到礦石，沒有派人手挖礦。就當成是在那裡發現的吧？」

「只有鑽石會引起質疑，所以也要變出原本就能開採到的東西。」

「真厲害……還這個年紀，說話卻不比大人遜色呢。」

聽到伊莎貝拉的感嘆，艾倫有點高興。

這件事暫且擱著，改天再和羅威爾一起決定。

凡克萊福特家經手的事業中如果有艾倫能幫忙的事，她將會和羅威爾一起偷偷地幫忙。

此時，女僕來通知晚宴準備好了，於是艾倫他們前往大廳。

羅威爾身旁的奧莉珍抱著艾倫，他們一進入大廳就受到眾人注目。

「不好意思這麼突然，謝謝大家的準備，然後，我有事要向大家報告。」

是索沃爾和艾齊兒順利離婚、羅威爾歸來，還有羅威爾已經結婚的事。傭人們聽了之後發出歡呼聲和驚呼聲。

「我來介紹一下，這是我的妻女。」

「初次見面，我是奧莉。這個孩子是艾倫。」

艾倫被奧莉珍放下來，她以淑女之禮向眾人問候，傭人們發出感嘆聲。

男傭們見到奧莉珍有些臉紅，女僕們看到艾倫直呼可愛，見到羅威爾則是滿臉羞紅。

「如大哥所說，不只大哥回來了，還多了兩位家人，大家好好相處吧。然後，辛苦大家忍耐艾齊兒的所作所為！今天大家喝個痛快，熱鬧一番吧！」

索沃爾舉杯，傭人們也高舉手上的玻璃杯，一齊高呼乾杯。

在羅倫與伊莎貝拉的照顧下，盤子接連端到艾倫面前。

一下子上了許多菜，有肉類料理、沙拉和湯品等，傭人急忙準備椅子和餐桌，一家三人吃得津津有味。

因為三人都吃得不多，所以他們一點一點地分著吃，吃過之後說出感想，然後發覺大家都在微笑著觀察他們。

十年前就在家裡服侍的傭人們，看到羅威爾生動的表情，都感動落淚。

女僕膽怯地把料理端給奧莉珍，每次奧莉珍笑著道謝時，女僕都滿臉通紅。

於是傭人們在遠處異口同聲地說：「艾齊兒夫人差得遠了，奧莉珍夫人是多麼出色溫柔的人啊。」

母親受到稱讚，身為女兒也非常高興。艾倫笑咪咪的，羅倫和伊莎貝拉露出柔和的表情撫摸她的頭。

「爺爺！這個好好吃！」

她指著特別喜愛的食物，羅倫高高興興地一邊做筆記一邊說：「必須稱讚主廚呢！」

艾倫有些吃驚，難道他在記下我喜愛的食物嗎？羅倫發覺這點並向她說明。

因為艾倫他們是精靈，所以正在調查他們能吃的食物與喜好。他的用心使艾倫開心得不得了。

「爺爺，謝謝你！」

她笑嘻嘻地道謝，羅倫害臊地回答「這是應該的。」表情甚至有點鬆弛。

「你看，羅倫大人的表情……！」

羅倫害臊的表情果然連傭人們看了也很驚訝。

「羅倫，你的表情完全鬆懈了。」

索沃爾苦笑道。羅倫向索沃爾露出氣勢十足的神色回答：

「當然啊，難得遇見這麼值得服侍的人，我幹勁十足呢！」

看到昂首挺胸的羅倫，索沃爾只能苦笑。

「艾倫十分了解傭人的心情呢，真了不起。」

伊莎貝拉說著又撫摸艾倫的頭，她感覺自己似乎一直被摸頭。

（咦？這很正常吧……？）

雖然這麼想，但她立刻想起艾齊兒。

極盡暴虐。她是以只把傭人當成道具的價值觀，極盡暴虐地接觸他們的吧？

艾倫打從心底覺得，這個家的人能從那兩個女人的魔爪中解放真是太好了。

＊

凡克萊福特家正在舉行晚宴時，有個男人在拉比西耶爾的房間裡與房間的主人對峙著。

「你要停止報告？」

拉比西耶爾不高興的聲音在房間裡迴響。

「羅威爾大人發覺了，我被解除了貼身護衛的職務。」

「喔，原來如此。動作真快，真不愧是羅威爾。」

拉比西耶爾開心地說，艾伯特一臉納悶。

正在心裡盤算的拉比西耶爾瞅了艾伯特一眼。

「你有看到他女兒的長相嗎？」

「有。」

「那正好。」

他取來一張放在桌上的紙，用羽毛筆沾了墨水，開始流利地書寫。

在等墨水變乾時，他也在信封上寫了字。

艾伯特一直靜靜地看著這一連串的作業，拉比西耶爾把信摺好放進信封，蓋上封蠟。

拉比西耶爾用玉璽蓋上皇室的家紋，接著他把信件拿給艾伯特。

「把信送過去。」

「我被命令閉門反省，羅威爾大人不會見我的……」

「不是，是給他的女兒。」

拉比西耶爾微微一笑，艾伯特卻臉色發白。

*

晚宴結束，羅威爾與奧莉珍返回精靈界，羅威爾笑著對艾倫說明天早上就會來接她。艾倫不快地目送他們，然後在伊莎貝拉、羅倫與女僕們的照料下度過一晚。

洗澡時也有好幾位女僕照料她。她覺得精疲力竭，此外，因為晚宴時吃得很飽，她很快就迷迷糊糊地打起瞌睡。

「哎呀呀，想睡覺啦。」

「唔……」艾倫一邊呻吟一邊揉眼睛，伊莎貝拉提醒她不能揉眼睛。

「要和奶奶一起睡嗎？」

「好……」

艾倫大幅地點頭回答，伊莎貝拉十分高興。

「那先上床吧，奶奶洗完澡待會兒再過來，妳先睡吧。」

上床後，伊莎貝拉撫摸她的頭，直誇乖孩子。躺下後艾倫很快地展開夢之旅。

一會兒後，有人輕拍艾倫的肩膀，她的意識回復。

睜開眼睛後，眼前是正在閉門反省的艾伯特。

「……？」

她在意識朦朧中揉著眼睛抬起上半身，壓低聲音的艾伯特遞出某樣東西。

「這個……」

這是什麼？仔細看是一封信，他不知為何把信交給她。雖然她有向羅威爾學習這個世界的文字，不過一想到這不是給羅威爾的信，她想起了白天的話：

『殿下想利用我的女兒設法解決問題吧？』

「喔，是那個腹黑先生……殿下啊。」

理解狀況的艾倫說道，艾伯特嚇得肩膀搖晃了下。如果不收下信件，他大概會被王室責罰吧。

雖然艾倫老實地收下信件，但卻沒有打開，她目不轉睛地看著艾伯特然後開口：

「叔叔討厭這個家嗎？」

「怎麼可能！」

聽到艾倫的話，艾伯特不由得聲音變大。他嚇得按住自己的嘴巴，艾倫摸不著頭緒地抬頭看著他。

「既然這樣，為什麼要做這種事？爸爸非常生氣喔。」

「我知道……」

「你覺得我和王室建立關係，這個家才會安穩嗎？」

「呃……！為什麼妳……？」

「爸爸他們覺得你多管閒事。」

艾倫的話令艾伯特一臉大受打擊的樣子。

「雖然爸爸和我是人類，不過也是一半的精靈。的確在王室眼中，沒有像我們這麼重要的人物了吧？可是王室纏上我們，我們覺得非常困擾。」

「……為什麼？」

「因為王室完全沒有發覺，所以這個連鎖不會結束吧？我們無法接近王室成員，這毫無意義。」

「不能告訴他們嗎……？」

「如果要給建議，大概就是像這個家和艾齊兒的關係吧。」

「艾齊兒夫人？」

「你能理解這個家為何十分厭惡艾齊兒吧？請套用一下這個狀況，這個家的人會原諒艾齊兒嗎？」

「怎麼可能……」

「王室從以前就是那樣吧？」

艾倫揮動親手收下的信。

「這是私人的邀請嗎？」

她不用看內容便猜到，艾伯特張口結舌地看著她。

「叔叔，現在馬上和殿下斷絕來往吧。如果被爸爸發現，他不會善罷干休喔。」

艾伯特依然張口結舌，艾倫不理他，繼續說道：

「而且對殿下來說，他當然不會管叔叔的死活。即使叔叔被這個家放棄，那位腹黑先生也不痛不癢。如果你感覺這個家對你有恩，就不要搞錯重點。」

她直言不諱，艾伯特一臉驚訝，行了臣下之禮。

「非常抱歉，艾倫小姐……」

「不過……恐怕爸爸已經察覺這種情況，正在某處看著吧？」

艾伯特嚇得肩膀僵硬，艾倫催他快點離開。

「爸爸由我來說服。還有，回覆腹黑先生時就說，因為爸爸會生氣，所以我拒絕。」

「是……」

聽到艾伯特的回答，艾倫沒有拆封就燒掉了手上的信件。

然後艾倫改變變成灰的信件的構造排列，再與氧氣結合，使之變成一陣煙。信件瞬間消失，艾伯特睜大眼睛啞口無言。艾倫打了個呵欠，只說了一句「晚安嘍」，然後蓋好被單。

早晨，艾倫發覺有人在叫她而醒來。

「艾倫，妳起床了嗎？」

伊莎貝拉露出溫柔的笑容撫摸艾倫的頭。

「奶奶……早安。」

昨天在奇怪的時間被叫醒，還沒清醒的腦袋迷迷糊糊，口齒也不伶俐。艾倫打著盹兒，低下沉重的頭道早，伊莎貝拉笑了。

「哎呀！真的好可愛！」

「唔……」

艾倫快要被擁抱壓扁，此時有人從旁出聲相助。

「伊莎貝拉夫人，艾倫小姐很難受喔。」

羅倫泡著早茶苦笑道。

「早安，艾倫小姐。請用茶。」

「爺爺……早安。」

剛醒來口很渴，她接過茶道謝。

「來，伊莎貝拉夫人也請用。」

「羅倫……你啊。」

本來應該以伊莎貝拉為第一順位，羅倫卻優先拿給艾倫，伊莎貝拉因而苦笑。

艾倫把紅茶吹涼，喝下溫茶後，頭腦逐漸開始運轉。

昨天，和蛋糕一起喝的茶是不甜的純紅茶，不過這次的茶能感覺到些微蜂蜜般的甜味，是羅倫特別費心準備的吧。

「爺爺，好好喝喔。」

艾倫嫣然一笑。「太好了。」羅倫害臊得笑容滿面。

*

艾倫和伊莎貝拉吃完早餐，正悠閒地享用餐後的柳橙汁，這時羅威爾來了。

「早安，艾倫。」

雖然羅威爾臉上掛著笑容，卻透露出一股怒氣。這時艾倫想起昨晚的事。

「啊，爸爸早安。有向媽媽撒嬌了嗎？」

「當然……呃，不是啦！」

艾倫心想這真是很棒的順勢吐槽，然後直直地盯著羅威爾。

「艾倫，妳有話要跟爸爸說吧？」

「嗯。艾伯特叔叔和殿下斷絕來往了，請終止他的閉門反省。」

她沉著地說，伊莎貝拉和羅倫一臉驚訝，不知是怎麼回事。

「艾倫！」

「比起這個，爸爸才有話要對我說吧？」

艾倫打斷羅威爾的話，她歪著頭笑嘻嘻地催他，羅威爾突然繃起臉孔。

「羅威爾……這是怎麼回事？」

「羅威爾大人，艾伯特怎麼了？」

兩人漆黑的氣魄逼近羅威爾。

「爸爸確信殿下會派人送信給我，才刻意只留我在家裡過夜吧？」

艾倫冷靜地回答並喝光柳橙汁，聽了之後，伊莎貝拉和羅倫身上迸出寒氣。

「好好說明。」伊莎貝拉的聲音令人打從心底發寒，羅威爾嘆了一口氣。

＊

「所以，艾伯特做了什麼？」

「……殿下利用艾伯特，要他直接把信交給艾倫。艾倫全都問出來了，艾伯特似乎覺得如果艾倫與王室建立關係，這個家就會安泰……」

羅威爾忿忿地吐出這些話，伊莎貝拉他們連連嘆氣。

「艾倫，為什麼妳會發覺？」

「爸爸非常溺愛我，不可能把我獨自留在會被殿下發現，令他焦慮的地方。」

「……妳在那時就知道了嗎？」

「沒有，只是覺得可疑。那時候純粹以為爸爸想要向媽媽撒嬌……」

「嗚哇啊啊啊！女兒的視線刺痛我的心！」

實際上也包含這點，從羅威爾的態度就看得出來。

艾倫不由得傻眼地看著羅威爾，另外兩人也是同樣的眼神。

「我自己在奶奶的床上睡覺時，艾伯特叔叔跑來叫醒我，然後把殿下的信交給我。」

「艾倫……那封信呢？」

「我沒有看就燒掉了。」

她滿不在乎地回答，伊莎貝拉和羅倫驚訝得目瞪口呆。

這也難怪。王室的信件連看都沒看就燒掉，豈止是不敬。

「初次見面的人送來的信，反正內容大概就是先問候再邀請喝杯茶，或是艾齊兒的道歉吧？」

「所以……艾倫是如何回答艾伯特的呢？」

「我說因為爸爸會生氣，所以我拒絕。」

不經過監護人送來的信件，可知並非尋常的信件。

艾倫毅然的對應令伊莎貝拉與羅倫張口結舌。

「艾倫……為什麼把信燒掉了？」

聽了羅威爾的話，艾倫笑著說：

「這是對爸爸的報復！」

這時羅威爾總算察覺艾倫非常生氣，他的臉部抽搐歪斜。

＊

艾倫宣告：「在爸爸和艾伯特叔叔好好談過之前，我不跟爸爸說話！」被推開的羅威爾抱著膝蓋縮手縮腳。

「贏不了女兒……」

羅威爾悶悶不樂，羅倫輕拍他的肩膀。

「艾倫小姐的手段非常出色呢，令人想不到還只是那麼小的年紀，爺爺很感動。」

「羅倫，你……」

羅威爾不快地瞪著羅倫。

「您能理解艾倫小姐話裡的意圖嗎？」

「她太聰明……有時令人非常困擾。」

羅威爾一面苦笑一面抱怨。

艾倫沒看拉比西耶爾寄來的信就燒掉了，這樣就無法向艾伯特追究。他與艾倫接觸過的證據被抹去了。

因此也無從得知拉比西耶爾的意圖，無法判斷情況。換言之，艾伯特與拉比西耶爾串通的證據變得模糊，因而無法處罰艾伯特。艾倫救了艾伯特。

此外，艾倫給予了王室身為精靈的忠告，在水鏡的另一邊看著真的很苦惱。

雖然十分小心注意了，但沒想到會被發覺，也沒想到艾倫會這樣反擊。

「啊～到底是像誰啊……」

「您說什麼呢？艾倫小姐不是跟羅威爾少爺一模一樣嗎？」

羅倫呵呵笑，羅威爾只能苦笑。

「所以才感到困擾啊。透過這件事可以知道……」

羅威爾神情有些淒涼地說：「拉比西耶爾確實很中意艾倫。」

＊

艾伯特帶來艾倫的回答，令拉比西耶爾無法掩飾驚訝之情。

「……我的信連看都沒看就燒掉了？」

這實在太可笑了，他咯咯地發出笑聲。

此外，艾倫還同時說服了艾伯特。「這是最後一次了，我只是來幫大小姐傳話。」他彷彿鬆了一口氣，以堂堂的態度回應道。

自己的想法被輕易地猜到，更以出人意料的話來回應。

他想起以前和羅威爾對話的時候。

「愈來愈想要她了。」

雖然也想要有利用價值的羅威爾啦。羅威爾的女兒和艾齊兒的女兒同年紀，卻有著超齡的言行，而且可以推測出，她似乎是本性非常溫柔的女孩。

能解決王室長年以來煩惱的線索被輕易地送來了。

據說羅威爾的女兒的容貌，長得很像與羅威爾締結契約的精靈。

聽說她的模樣非常可愛，五官端正到不像人類。

王室成員從以前就無法看見精靈。唯一的例外，是只能看見與人類締結了契約的精靈。但是只要王室成員一接近，精靈就會著急地宛如逃走般消失。

王室成員無法弄清楚不能和精靈締結契約的理由，就這樣經過了兩百年。

這樣只會被周邊諸國輕視，說這是個被精靈拋棄的國家。羅威爾是國家的重要支柱，不過本人似乎沒什麼自覺。此外，羅威爾的女兒繼承了精靈的血脈。

拉比西耶爾想起自己十二歲和九歲的兩個兒子。

「正好用來分配給他們。」

如果能攪亂情況，讓羅威爾事與願違，那可是天底下最愉快的事了。

「如果羅威爾也在就好了……」

發現了有趣的人物呢，拉比西耶爾笑了。

被羅威爾叫來的艾伯特，以微妙的神色等著羅威爾開口。

「你知道為何我把你叫來嗎？」

「知道。」

「我聽說你是為了這個家才做此行動。不過，把我的女兒當成交易籌碼，關於這點你有什麼要說的嗎？」

「……非常抱歉！」

艾伯特鞠躬，一心一意謝罪。雖然他認為與王室建立關係是為了這個家好，但他大概沒想到當事人會感到非常困擾吧。

「你真的和殿下斷絕來往了嗎？」

「是的。我在轉達大小姐的回覆時，告訴殿下這是最後一次了。」

艾伯特坦率地回答。之前羅威爾用妻子的水鏡看著艾伯特，所以他知道艾伯特的話裡沒有半點虛假。

「…………」

羅威爾一直瞪著艾伯特。

雖然時間不長，不過默默看著羅威爾的家人的艾伯特，理解自己現在是真的觸怒了羅威爾。

直到幾天前，凡克萊福特家因為艾齊兒，被逼到眼看就要衰敗的處境。

再這樣下去，蒙受恩寵的名門將會破敗，艾伯特屢次向王室控訴艾齊兒的所作所為，而聽取怨言的人，正是拉比西耶爾殿下。

「你不知道王室與精靈的爭執，可以理解你也沒想過我們會感到困擾。但是，艾倫因為你而被王室盯上了。」

「…………」

羅威爾的話刺進他的心。就像羅威爾討厭艾齊兒那樣，精靈也討厭王室。雖然艾伯特沒想到會變成這樣，但這對當事人來說是無法忍受的事。

明明總算從艾齊兒的惡夢中解放，卻藉由艾伯特之手又帶來一場惡夢。

艾倫告訴羅威爾，應該向他好好說明這些事情。

房間被一片寂靜包圍，兩人都沒有說話。過了一會兒，羅威爾開口說：

「艾倫要我和你談談……」

羅威爾嘆了一口氣接著說：

「如果不和你好好談談，艾倫就不和我說話。」

他在說什麼？艾伯特瞬間搞不清楚狀況。

艾伯特睜大眼睛，羅威爾忿忿地說：

「為何艾倫沒看殿下的信就直接燒掉呢……你知道原因嗎？」

羅威爾責備的話一個接一個刺向他。艾倫和艾齊兒的女兒同樣是八歲女孩，艾倫卻和外表相反，能在瞬間看清狀況，然後下判斷。她的模樣令人想起以前的羅威爾。

「大小姐她……幫了我。」

這就等於說，殿下的信已經完成它的任務了。如果把信交給艾倫，就會被凡克萊福特家放棄；反之，假如不交給她，將會被殿下問罪。

而艾倫救了他。

「你不只被我父親……也被我的女兒救了，你有自覺嗎？」

「當然……」

以為對這個家好而採取的行動，反而給凡克萊福特家添了麻煩。自己到底在做什麼？艾伯特陷入自我嫌惡。

「……我無法完全相信你。」

羅威爾的話使艾伯特僵直了身體。他明白這是自己招致的結果，一想到要被凡克萊福特家放棄，艾伯特臉色發白。

「你暫時會受到監視。」

「是。」

當然如此。艾伯特深深地鞠躬。

「你回去當索沃爾的侍從。」

「咦……？」

「沒聽到嗎？」

「不，有！」

「去感謝艾倫吧。」

話一說完，羅威爾便走出房間。

留在房裡的艾伯特目瞪口呆。

他抱著被砍頭的覺悟接受羅威爾的傳喚，因此事情的發展使他的頭腦無法運作。

「我……」

艾伯特的聲音在只留了他一個人在的房間裡迴響。

這條命被主人的父親所救，之後陷入差點被砍頭的窘境，也被羅威爾的女兒出手相救。

艾伯特閉上眼睛，右手放在胸口上，在只有自己在的房裡彎下腰。

艾伯特一動也不動地持續著鞠躬的動作。

*

羅倫與伊莎貝拉陪著艾倫玩耍，從庭院傳來艾倫開心的笑聲。羅威爾從遠處看著，然後走向他們。

明明看見了羅威爾，艾倫卻只是看了一眼，沒有說半句話。

艾倫迅速轉身不理睬他，一下子躲到伊莎貝拉背後。

「無視……！妳無視我！」

大受打擊的羅威爾露出悲慘的神情。

「哎呀，羅威爾。有什麼事嗎？」

「呃……不，我找艾倫……」

女兒轉過頭去，神情低落。

看到羅威爾的樣子，伊莎貝拉很受不了。

「你和艾伯特好好談過了嗎？」

「喔，嗯……我終止了他的閉門反省。艾倫，看我這邊，爸爸和艾伯特好好談過了，所以能原諒我嗎？」

羅威爾如此說道，緊緊抓住伊莎貝拉裙子的艾倫忽然探出頭。

「……爸爸。」

「艾倫！」

聽到艾倫開口，羅威爾綻放笑臉。

「我覺得爸爸應該要和身邊的人好好地談談。什麼事情會造成困擾，人類和精靈的價值觀並不一樣。」

艾倫的話刺入他的心。確實如此，羅威爾和艾倫既是人類，同時也是精靈。對精靈而言什麼事是不行的，必須事先向周遭的人好好說明。

「明明是爸爸懶得說明，卻只責備為了這個家著想而採取行動的艾伯特叔叔，這樣是不對的。」

「是……」

羅威爾很沮喪，艾倫總算從伊莎貝拉背後現身。

縮手縮腳的羅威爾抱著膝蓋十分沮喪，女兒比他更能仔細觀察周遭、判斷事物。

羅威爾一副苦瓜臉的模樣，艾倫說著「好啦好啦～」並撫摸他的頭。

看到他們的樣子，伊莎貝拉不禁連呼「哎呀呀」。這幅情景令人不知誰才是爸爸。

但是，獲得艾倫原諒的羅威爾緊緊地抱住她。他們臉頰貼在一起蹭的模樣令身邊的人看呆了。

被抱住的艾倫也一副想要說「這傢伙……」的冷淡目光，但是羅威爾並未察覺。

「我知道爸爸是為我著想，可是要把我當成誘餌的話，要好好地告訴我啊，不然我會忍不住向爸爸反擊。再來，爸爸也會一起思考如何對付腹黑先生吧？」

真是不得了的反擊啊……羅威爾望著遠方。

此外甚至遭受被女兒無視的追擊，沒想到會體驗到半死不活的感覺。

「雖然我很想回答『那當然』，不過腹黑先生是指誰？啊，我知道妳是指殿下，不過這個意思是？」

「意思就是肚子裡黑心腸、耍陰謀，或是陰險、壞心眼的人！」

艾倫的說明使得在場的羅倫、伊莎貝拉和羅威爾忍不住笑了出來。

「多麼貼切的形容啊！」

羅威爾大笑，艾倫接著說：

「附帶一提，爸爸也是腹黑。」

「為什麼！」

他們的對答逗得伊莎貝拉和羅倫笑了。

*

出現艾倫戒斷症狀的羅威爾，暫時抱著艾倫不願放開。

「爸爸，好煩喔。」

被尖銳地批評，羅威爾才總算勉勉強強放開艾倫，他又悶悶不樂了。

「哎呀～能看到羅威爾少爺令人意外的一面，真是有意思呢。」

「是啊，沒想到我兒子會露出那種表情。」

現在是伊莎貝拉的午茶時間，羅倫在她背後待命，兩人想起剛才艾倫的話。

『我覺得爸爸應該要和身邊的人好好地談談。什麼事情會造成困擾，人類和精靈的價值觀並不一樣。』

艾倫的話也暗示著今後與他們的關係。羅威爾變成半精靈，他們曾心裡覺得不安，擔心羅威爾一家或許會和身為人類的他們保持距離。

艾倫十分清楚這一點，並且說明了因為要持續今後的關係，所以應該與身邊的人好好溝通。

「艾倫小姐真的很優秀呢。」

「真的。」

即使種族不同，也為了要當一家人而努力。

這是多麼令人高興的事，艾倫能夠明白嗎？

艾倫的存在不僅復興凡克萊福特家，還救了傭人，也修復了家人的關係。

然後，在艾倫原諒羅威爾的不久之後，傭人全都出來盡情地玩樂。

他們在庭院裡玩你追我跑或捉迷藏。不過，換傭人躲起來由艾倫去找時，傭人們展現了躲藏的技術，完全沒被發現。

艾倫正困惑時，羅倫過來幫忙，他撿起腳下的石頭丟出去。

結果，男人隨著「嗚哇啊！」的叫聲從樹上掉下來。

男人並非噗通一聲掉下來，而是以熟練的動作在空中迅速旋轉一圈，「噠」地一聲站在地面上。從他的動作可知他受過訓練。

雖然艾倫嚇得身體僵硬，不過羅倫在旁邊笑著說：「我們不會僱用因為這點程度就受傷的人。」

「爺爺好厲害！找到了！」

「呵呵呵。」

光是從下面往上看樹上似乎不會發現。

「大家都在樹上嗎？喝～！」

艾倫抱著樹搖晃。雖然她「唔～唔～」地拚命搖晃，但是比艾倫粗好幾倍的樹幹一動也不動。

艾倫無意中以大人的感覺這樣做了，不過身為精靈的自己幾乎沒有體重，力量和重量完全不夠。自己到底在做什麼呢？在她回過神的瞬間，發覺背後的羅倫與羅威爾帶笑的表情柔和，讓艾倫臉紅了。

「好～！爸爸也來幫忙～！」

不能把功勞拱手讓給羅倫，在羅威爾出現的瞬間，艾倫出現了躲起來的傭人們似乎在害怕的錯覺。

究竟是怎麼回事？艾倫睜大了眼睛，這時羅威爾嗖地拔出身側的劍。那一瞬間，羅威爾的表情變成冷酷的笑容。

帥哥不管是什麼表情都像一幅畫，他悠哉地擺好架式，這裡變成了羅威爾的個人舞台。

羅威爾忽然跳起來，對準傭人刺出劍，躲藏的傭人們慌忙逃走。他一個也不放過似的，笑著追趕四處逃竄的傭人們。

艾倫不停眨眼、呆在原地，羅倫在她身旁笑著說：「羅威爾少爺一點都沒變。」

「艾倫，吃點心嘍！」

伊莎貝拉準備好茶點，若無其事地呼喚艾倫。

「啊，好～」

他們一邊看著悽慘的哀鳴迴響庭院一邊喝茶，度過了不可思議的下午。

到了傍晚，他們說要回去精靈界，凡克萊福特家的家人和傭人全都出來送行，伊莎貝拉和羅倫哭了。

「奶奶！我可以再來玩嗎？」

「當然～艾倫～～！」

艾倫被緊緊地擁抱。她癢得笑了起來，並在伊莎貝拉的臉頰上親吻，然後也親了羅倫。

索沃爾撫摸她的頭，在他身旁待命的艾伯特與她目光相對。

「大小姐……」

「叔叔，太好了。要做什麼事情時一定要和索沃爾叔叔商量喔。」

艾倫笑著說，艾伯特臉部歪斜，一副要哭出來的表情。

「謝謝您，這輩子我都不會忘記您的恩情。」

「又不是要分別很久……」

接下來，羅威爾暫時會共同參與凡克萊福特家的事業。像是視察礦山等，還有很多與家人見面的機會。

「不，我只是想表達自己的心情……」

「我知道了，艾伯特叔叔。」

話一說完，艾倫也在艾伯特的臉頰上親吻，艾伯特有些臉紅。

然後，只有索沃爾垂頭喪氣地說：「那我呢……？」

「絕對不要動喔……」

「為什麼對我有防備……？」

「因為艾倫不喜歡鬍子。」

「咦？」

看準索沃爾的注意力轉向羅威爾的瞬間，艾倫親了他一下。

（嗚嗚……刺刺的。）

她的感想寫在臉上，索沃爾一臉大受打擊的樣子，引得羅威爾大笑。

艾倫他們向大家笑著揮手道別，然後轉移回到精靈界。

羅威爾和艾倫回去後，伊莎貝拉顯得悶悶不樂。

「好寂寞啊……明天她會再來玩嗎？」

「伊莎貝拉夫人，那有點太快了。」

「但是……」嘴上這麼說的羅倫也同樣一臉沮喪。

「吶，索沃爾。」

「是。有什麼事？」

「哪時要把市井中的孩子帶回來？」

伊莎貝拉把目標換成索沃爾，索沃爾不由得苦笑。

回到書房後，索沃爾馬上向羅倫開口：

「羅倫，關於那座礦山……」

「是。那座礦山現在沒有人出入，但是也沒有封閉。即使要封閉也必須再探查一次。」

「哦，要利用這點嗎？」

找個時間，聲稱探查請羅威爾和艾倫陪同。如果還能從礦山獲得資源，僅此一處便能成就充足的事業。

「真是太好了……這個家沒有毀在我這一代……」

索沃爾坐在書房的椅子上，打從心底放心地露出苦笑。

現在才正要開始，不過光是把艾齊兒攆走就疲憊不堪。

「大哥一回來，感覺就有一連串的幸運呢。」

「是之前太不正常了。」

羅倫笑著說道。不知何時準備好的茶擺在桌邊，他向索沃爾說：「請用茶。」

「應該防備王室啊……大哥事先叮囑過他們，暫時應該沒問題……」

「索沃爾大人，關於這點我有話要說……」

「嗯？」

「請儘快把您的對象帶回這個家。」

「幹嘛突然說這個？」

「為了欺騙王室的耳目，也為了這個家，我認為需要有一個代替的人。」

「……拿我的女兒來代替艾倫嗎？」

「不，是繼承人的問題。」

「是那個啊……」

「拉比西耶爾殿下即位後，能藉由王命確認繼承人的身分，要些手段就能讓大家注意到艾倫小姐。所以在那之前必須讓世人知道凡克萊福特家已經有孩子了。王室為了向索沃爾大人表示歉意，很有可能再提出聯姻的要求。」

「喔，是這一回事啊……」

現在艾齊兒不在了，世人也會認為凡克萊福特家沒有繼承人。

在市井中有孩子雖然是一則醜聞，但那是起因於艾齊兒的所作所為，或許會激起同情心。羅倫說，在有人從旁干涉之前，索沃爾一定要與心愛的人走在一起。

「可是我得等到三個月後才能再婚喔。」

「不不，這就夠了。準備禮服也需要一段時間，可以的話明天就能……」

「等、等一下！那太趕了！」

「您在說什麼呢？難道要讓我們繼續等下去嗎？」

索沃爾覺得自己從羅倫背後看到了一團黑影。

之前因為艾齊兒在家裡，索沃爾擔心他的妻女會被她傷害，所以不曾讓她們母女靠近家裡。

現在總算能高舉雙手歡迎她們了，明白這一點後，索沃爾被坐立不安的害羞給侵襲。

伊莎貝拉方才也說過差不多的話，那是歡迎市井中的妻女的暗號。但是，在那之前有很多事要做，還有艾齊兒引起的事端要處理。

將艾齊兒的浪費寫在文件上向王室提交，也要送回她的私人物品，艾齊兒的房裡使用的房間裝飾品也全都得處理掉。

為了重新迎接妻女，艾齊兒用過的物品一件也不想留。

並且……他也得思考送給仍在市井中等待的心愛之人的話語。

索沃爾曉得，得忙一陣子了。他一邊苦笑一邊嘆氣。

但是他的心情有些愉快。

「總之，先剃鬍子吧……」

他低聲嘟囔的這句話，使羅倫差點忍不住笑。

*

艾齊兒在汀巴爾城堡裡大吵大鬧。

艾米爾悶悶不樂，自己關在房裡。艾齊兒的蠻橫態度瞬間在城堡裡傳開。

而且她在凡克萊福特家也是理所當然地這樣過日子，周遭的人都張口結舌。

「適可而止吧！」

「為什麼！我不是公主嗎！為什麼大家都不聽我的話！」

「妳說的話只是任性！身為王室的氣度都蕩然無存了，把妳那張討厭的嘴巴閉上！」

國王看著艾齊兒臃腫的身材吐出這些話，她連挑禮服都欠缺品味。

看到凡克萊福特家送回的私人物品，侍女們對於禮服設計之拙劣都啞口無言。

大肆購買的無用物品每一件都非常昂貴。

花費過多家裡錢財的傳聞帶上了現實感。此外，凡克萊福特家請款的金額，甚至令國王與拉比西耶爾內心動搖到文件掉到地上。就像追擊般，未付款物品的請款單也寄來了。

城堡裡的人確實感受到艾齊兒的所作所為有多麼糟糕，他們十分苦惱。

「艾齊。」

「拉比西大哥！救我！」

「妳在說什麼？我和陛下兩人被迫得替妳惹出的麻煩事善後！」

拉比西耶爾的話令艾齊兒大吃一驚。

「什麼麻煩事！我根本什麼也沒做！」

「妳還不懂嗎……？」

「妳亂花的錢啊，竟然在這種粗俗的東西上面白白浪費錢。」

雖然國王傻眼了，拉比西耶爾在笑，可是兩人的眼裡完全沒有笑意。

「太過分了，拉比西大哥！」

「過分？妳的行為才過分。昨天妳對侍女動手了吧？」

現在房間裡沒有侍女，只有體格粗獷的騎士站在門前防範艾齊兒外出。現在艾齊兒幾乎是被軟禁的狀態。

女兒艾米爾只是悶悶不樂，所以在其他房間暫時受到觀察。不過因為她是艾齊兒的女兒，所以侍女們的態度很冷淡，對此她似乎也大受打擊。

「艾齊兒，艾米爾的父親是誰！」

「你在說什麼？為什麼懷疑我！」

「妳自己說的啊，說她不是索沃爾的孩子。」

「嗯，是啊。因為她將是羅威爾大人的孩子。」

「不是這個意思。父王在問艾齊是和誰生下這個小孩的？」

「……」

艾齊兒忿忿地咬牙切齒，隔了好一會兒仍然沒有開口。

「對方是平民嗎？不，堅持血統的妳不可能接受平民的血脈……」

「你在侮辱我！」

「為什麼還要隱瞞？艾米爾的身世受到質疑了耶。」

「艾米爾是我的女兒！她流著王室的血脈，這樣不就好了！」

國王和拉比西耶爾的表情非常不愉快。

「是有所顧忌的對象嗎……還是不舒服到令妳猶豫開口的對象？」

艾齊兒的態度是否意味著對象是不想承認他是艾米爾的父親的人？

拉比西耶爾在心裡盤算著，然後改變話題，露出笑容看著艾齊兒說道：

「今後妳和艾米爾分別過日子吧。」

「你、你說什麼！」

「艾米爾在妳身邊不可能健全成長，今後她要和我的兒子們一起在城裡接受教育。」

「等等……你的意思是要我離開？」

「是啊。」

「妳跟我一起走！」

國王說完後，門扉發出巨響開啟。多名女性士兵從門後進入，抓住艾齊兒的手臂。

「做什麼！無禮之人！」

「無禮的人是妳，艾齊兒。我要糾正妳的本性！」

國王吐出這句話，艾齊兒露出絕望的表情。

「為什麼……為什麼？我只是想和羅威爾大人在一起而已！」

聽了艾齊兒的話，拉比西耶爾笑出聲。

是他平常不會有的沒品笑法。拉比西耶爾的樣子不僅使周圍的騎士，也使國王露出驚訝的表情。

「艾齊就算愛慕羅威爾也沒用，因為羅威爾非常討厭艾齊。不，整個凡克萊福特家的人都討厭妳。」

「騙人！」

「我沒有騙妳。實際上羅威爾已經和心愛的人結婚，也有孩子了。」

他的話令艾齊兒大受打擊，目瞪口呆。

「騙、騙人……騙人……」

「就連艾齊也和來路不明的男人生下孩子了，為什麼妳會覺得我在騙妳？」

全身無力的艾齊兒當場雙膝跪地。她茫然地喃喃自語的模樣，在周遭人們的眼中十分詭異。

看著被女性士兵帶走的艾齊兒的背影，拉比西耶爾止不住笑意。

第二話　另一場風波揭開序幕

羅威爾從那之後偶爾會回老家幫弟弟的忙。

最初是在領地露臉，被帶到許多地方。所到之處民眾都擺下酒席慶祝，羅威爾不禁嘆息連連。

「爸爸回來了。」艾倫跑來迎接晚歸的羅威爾，她的腳步卻突然停下來。

「有酒臭味……」

看到艾倫捏住鼻子皺起眉頭的態度，羅威爾趕著去洗澡而在城堡走廊上奔跑。奧莉珍看到後裝作不知道。

洗完澡的羅威爾急忙跑去找艾倫。

「奧莉、艾倫～～我回來了～～！」

「爸爸歡迎回來，可是頭髮還是濕的喔。」

抱住艾倫的羅威爾的頭髮滴水，艾倫拿毛巾幫他用力擦拭，羅威爾一副十分高興的樣子。

「艾倫，用力擦！」

「好～！」

在母親的准許下，艾倫猛烈地把羅威爾的頭髮和揉成一團的毛巾一起亂攪一通。

「嗚哇哇！等等，妳們兩個……！」

羅威爾的頭髮完全亂成一團。

母女看到後哈哈大笑。

「哎喲～真過分～～」

羅威爾噘起嘴，艾倫笑著道歉，把羅威爾的頭髮整理好。

「哎呀，明明很合適啊。」

奧莉珍一直嘻嘻笑，可是她的笑容有種奇妙的感覺，羅威爾的嘴角微微抽動。

「奧莉……妳在生氣嗎？」

「哎呀，沒有啊。」

她絕對在生氣。羅威爾轉過身來對艾倫說：

「妳知道媽媽在生什麼氣嗎？」

摸不著頭緒的艾倫看看母親。「還在生氣啊？」她發出受不了的聲音。

「因為～」

鬧彆扭的妻子十分惹人憐愛。羅威爾摟住妻子的腰問道：「怎麼了？」

「爸爸在酒席上被女人求愛，所以媽媽在鬧彆扭。」

「啊～！艾倫妳這叛徒～！」

妻子對著女兒大叫的模樣很可愛，羅威爾不自覺地緊緊抱住妻子寵著她。

「奧莉，抱歉。我盡可能逃走了……」

「……我都有看到，我知道。」

「即使如此感覺還是很差！」妻子鬧彆扭，羅威爾十分憐惜地看著她。

父母的周圍變成粉紅色，艾倫很受不了，但仍識趣地說：「我先去睡了～」並打算離開。

「啊，等等。我有事要先跟妳們說。」

羅威爾的話令母女倆納悶了。

「我弟弟婚禮的日子決定了，我將會出席，而王室也會出席……」

羅威爾嘆了一口氣，於是兩人就明白了。

「艾倫，抱歉，妳可以看家嗎？」

「好。我也不想見到腹黑先生。」

「哎呀，我可以去嗎？」

「我覺得我已經結婚的事必須知會身邊的人。不過我不太想讓美麗的奧莉被其他男人看見。」

「哎呀。」

奧莉珍噗哧一笑，剛才鬧彆扭的樣子已經無影無蹤。也許是放心了，羅威爾梳著奧莉珍的頭髮寵著她。

斜眼看著的艾倫心想他們真的感情很好。她向兩人道晚安後便返回房間。

＊

第二天，羅威爾特地前往索沃爾的書房。

王室竟然敢出席凡克萊福特家的結婚典禮，周遭的人應該會對此議論紛紛。

王室帶著賠罪的意思，脫離常識地送禮物過來的做法，令索沃爾不禁嘆息。

「那麼，只能盡力表現出幸福的光景了。」

羅威爾如此調侃索沃爾。但是，聽說代表王室出席的人是拉比西耶爾，他立刻明白這絕對有內情。

「目的是艾倫啊……」

「怎麼辦，大哥？」

「抱歉，艾倫可以不出席嗎？」

「雖然遺憾，不過沒關係。艾倫比較重要。」

「聽你這麼說我就放心了。」

但畢竟對方是拉比西耶爾。羅威爾皺眉尋思，他不曉得會玩弄什麼計策試圖與艾倫見面。

正好這時有人敲門，敲門聲打斷兩人的對話，索沃爾說了聲「進來」。

準備好茶水，推著小推車進來的人是索沃爾的妻子艾莉雅。

「老公，喝茶。」

「為什麼是妳來……羅倫呢？」

「是我勉強拜託他讓我端茶水過來的。」

艾莉雅慌忙解釋，但仍露出笑容。

雖尚未舉行結婚典禮，但她已經在這個宅邸被當成夫人了。

她比索沃爾小一歲，今年二十四歲。有光澤的黑色長髮寬鬆地在腦後綁成一束。有點眼角下垂的眼睛看起來有些憂鬱，當她的眼睛開心地微笑，部分男人的內心或許會強烈動搖吧。

艾莉雅是餐館的招牌女店員，索沃爾和騎士團團員經常到店裡用餐。他們因而相識並墜入情網。

沒想到艾齊兒竟然沒對她下手。不過騎士團常去那間餐館，整個騎士團似乎都協助保護、隱瞞了艾莉雅和女兒拉菲莉亞的存在。

「妳不是傭人，做這種事會減少傭人的工作吧？」

「對不起……」

被索沃爾叱責的艾莉雅感到沮喪，索沃爾嘆了一口氣。

由於艾莉雅習慣了平時在店裡幫忙，她想在家做飯或做園藝工作時，其他傭人就會因此慌了手腳。

「算了，給我一杯茶。」

「當然，好的。那個……大哥。」

艾莉雅這樣叫羅威爾，所以他面無表情地看向她。

艾莉雅與羅威爾目光相對，忽然臉紅了。

「請、請用茶……」

「喔，謝謝。」

羅威爾面無表情地道謝，手卻沒去拿茶杯。艾莉雅一直盯著他看，察覺到此的索沃爾乾咳一聲。

「謝謝妳的茶。我們還有工作，妳到那邊去吧。」

「好、好的，我知道了。」

羅威爾從以前就完全不吃女性準備的食物，因為不曉得裡頭加了什麼。

羅威爾的態度和平時一樣，這個樣子很普通，他只在妻女面前露出笑容。

但是因為他沒有笑容，艾莉雅感到不安，不知自己是否被討厭了。她以為是自己想要融

入這個家的態度所致。

目送戀戀不捨地離開的艾莉雅，索沃爾嘆了一口氣。

「……你有跟她說我的事嗎？」

「我有說你已經結婚了，而且很愛老婆。雖然她說都要當一家人了卻不介紹給她，所以她不相信……」

索沃爾和羅威爾同時嘆了一口氣。

艾莉雅來到凡克萊福特家後，他們只見過一次面，打了招呼。看了羅威爾一眼，艾莉雅就忽然臉紅了。看過羅威爾的女人很多都是這樣的反應，雖然羅威爾會立刻遠離表現出這種反應的女人，不想接近她們，不過從那之後，艾莉雅一有機會就會詢問：「大哥呢？」

「典禮時我只會帶奧莉出席。」

「真的嗎？」

索沃爾大概也對妻子的態度感到不安。

雖然並非不相信妻子，但是以兄長的俊美，這種事是預測得到的。但是表現得這麼明顯，實在也會在意旁人的目光。

「索沃爾，我暫時不會接近家裡。」

「大、大哥？」

「要是產生誤解，我們都會心裡不舒坦吧？而且如果我離開精靈界太久，奧莉也會鬧彆

扭。」

兄長笑著說，索沃爾只能苦笑。

「抱歉，大哥。」

「不要緊，別在意。」

羅威爾說完便轉移回到精靈界。

＊

艾倫與奧莉珍碰巧在水鏡的另一邊目擊了事情經過。

「這……」

「真討厭，是在向我宣戰嗎？」

「哇啊啊！媽媽冷靜一點！」

和之前同樣的對話使艾倫焦急了。

「對方是要和索沃爾叔叔結婚的人喔，不可能和爸爸怎麼樣。」

「唔……不過她也是個美女……算吧？」

母親似乎不太想承認敵人的好，艾倫覺得這樣的母親很可愛。

「和媽媽相比很普通喔。」

「艾倫，媽媽贏了嗎？」

「壓倒性勝利喔！」

女神的美貌自不用說，胸部的尺寸當然也贏了對方。這是艾倫握拳強調母親壓倒性勝利的理由。

唯獨這點不能讓步。因為艾莉雅算是有……分量的人，不過大概排名第三。

「爸爸注意到了吧？大概不會再和她見面了。」

「是啊，艾倫。」

突然從背後現身的羅威爾笑嘻嘻，他的笑容非常好看。看這樣子，他大概已經看了她們一會兒，看到奧莉珍他立刻推測出情況。

「奧莉，過來。」

「我不要！」

從羅威爾突然想溺愛她的態度，奧莉珍似乎察覺自己被盯著看了一陣子。她大概是害羞，突然逃走了。

「你追我跑嗎？好啊，抓到的話任憑我處置？」

羅威爾露出絕妙的腹黑笑容追趕心愛的人。

艾倫吃驚地目送他們，她向在周圍待命的精靈們傳達：

『接下來爸媽的你追我跑要開始了，大家快逃～！』

她利用壓電效應和電子信號等等勉強做出類似揚聲器的東西，又操控著風在整座城堡播放警報。

「哇啊啊啊～」她很同情驚慌失措的精靈們。

父母的你追我跑或爭吵，總是對周遭造成極大的影響……現實層面的意思。

「爸爸他們平時感情很好，應該是沒問題……」

艾倫左思右想。她有一種強烈的預感，感覺又會發生不好的事。

第二天，她睡醒走到外面一看，發現似乎是父母玩捉迷藏或你追我跑的路線形成了一條路，化為瓦礫山，宛如龍捲風掃過的樣子。

在城堡裡工作的精靈們一臉厭世的樣子，努力地修繕城堡。

「爸爸、媽媽，坐那邊。」

孩子發出超低沉的聲音，父母臉色發青、縮頭縮尾。

艾倫在端坐的父母面前叨叨絮絮地說教，其他精靈看著她的背影，心想「真是剛毅的孩子……」並投以尊敬的眼光。

在那之後，羅威爾和奧莉珍雙腳麻了。「下次不敢了！」他們以含淚欲哭的聲音請求寬恕。「有言在先喔。」而艾倫洋洋得意。

*

索沃爾的結婚典禮當天，艾倫看著盛裝打扮的父母發出歡呼聲。

「爸爸好帥！媽媽好美！」

艾倫把這當成自己的事一樣感到開心，受到稱讚的父母十分害臊。

「謝謝，艾倫也一直都很可愛喔。」

被女兒稱讚的羅威爾害臊得笑容滿面。羅威爾抱起艾倫，在她臉頰上親吻，艾倫癢得咯咯笑。

「我們走嘍。」

「艾倫，妳可以用水鏡觀看典禮，但是絕對不能過來喔。」

「好～！」

「路上小心。」艾倫目送父母出門，然後移動到水鏡前面。自從聽說那位腹黑先生會出席，她就一直覺得會出事。

典禮開始前，親屬要先會面。

以索沃爾為首，凡克萊福特家的人走到新娘一家正在待機的房間。

新娘的所有親屬看見開門走進來的羅威爾與奧莉珍，都呆在原地。

索沃爾的女兒拉菲莉亞也在場，她遺傳了父親的栗子色直髮，雖然眼睛和母親很像，不過總覺得也像索沃爾。

「不好意思，一直沒和大家打招呼。這是我妻子奧莉。」

「我是奧莉，請多指教。」

看到奧莉珍優雅地微笑，在場幾乎所有人都臉紅了。唯一沒有臉紅的人，是索沃爾的妻子艾莉雅。

就連看到母親身著盛裝而十分高興的拉菲莉亞，看了羅威爾與奧莉珍的模樣，臉也泛起微紅。她沒察覺母親的心情，純粹因為看到美麗的人而感到開心。

索沃爾向拉菲莉亞介紹自己的哥哥，而她非常吃驚：「是爸爸的哥哥？」

「妳是大哥的……」

「嗯，沒錯。妳是要成為我妹妹的人嗎？」

奧莉珍身為女神的超凡氣質散發的氣場，令周遭的人感受到某種難以言喻的神妙。在場所有人都與奧莉珍他們保持距離，即使不知道她是女神，或許也會從本能曉得。

奧莉珍比身穿嫁衣的艾莉雅還要引人注目。也許是無意識地拿奧莉珍與自己比較，艾莉雅顯得悶悶不樂。

「哎呀呀……」看著水鏡的艾倫覺得艾莉雅有點可憐。

這個世界也有賓客出席時不能穿得比新娘更顯眼的規矩。

索沃爾利用公爵世家的力量，委託全國一流的女裁縫師製作嫁衣。

奧莉珍並沒有特別盛裝打扮，只是用一點蕾絲點綴的高領美人魚連身裙加上披肩，頭髮再別個髮夾的裝扮。

正因如此才能明顯看出藉由美人魚連身裙襯托的奧莉珍窈窕的身材，還有想像不到的豐滿乳房。此外，白金色頭髮向上盤起，兩側的髮梢飄逸，從盤起的頭髮散發出性感魅力。

艾莉雅的嫁衣是公主型，加上長裙襬的婚紗，大量點綴的蕾絲優雅地搖擺。

堪稱少女嚮往的嫁衣卻輸給奧莉珍簡單的服裝，該說不愧是女神嗎？

不過，今後若能藉此擋住對羅威爾的奇異目光就好了。當時艾倫抱著輕鬆的心情這麼想。

在作為典禮會場的教會，男方與女方的賓客分開入座，男方森嚴的氣氛使女方的親屬比看見奧莉珍時更為緊張、僵硬。

因為坐在羅威爾與奧莉珍後面的人是拉比西耶爾殿下……不，現在是已經加冕的陛下。在他身旁，王妃陛下和兩位王子與公主也並排坐著。

王室全都有一頭閃亮金髮。

王妃拉拉露以溫柔的笑容注視孩子們，她和坐在身旁的陛下小聲交談，像是在附和著

什麼般地點頭。金髮與大大的綠色眼眸予人可愛的印象，窈窕身形挨近陛下的模樣正如一幅畫。

第一王子賈迪爾的容貌和陛下很像，他有一對藍眼珠，此外更流露出不像十二歲的秀才氣質。

第二王子拉蘇耶爾長得像王妃，有一雙綠色眼眸，容貌十分和藹。也許因為年紀還小，比起另一位兄弟還顯不沉穩，這令他常被哥哥責備。

公主希爾和王妃就像一個模子刻出來的美人，而且和陛下的氣質也非常像。

此外周遭有近衛騎士在現場嚴加戒備，當然教會周邊也配置大批騎士。

非比尋常的壓迫感使四周的人畏首畏尾，不過當事人似乎並不放在心上。

艾倫透過水鏡看著他們。

不過，艾倫非常在意陛下和兩位王子身上的黑色霧靄。即使透過水鏡，她也有非常討厭的感覺。

不一會兒結婚典禮開始了。新娘走進教會，典禮順利地進行。

兩人在婚姻書上簽字，彼此許下愛的誓言，就在此時。

突然，隨著「啪滋」的細小聲響，新娘輕聲悲鳴。

觀禮者亂哄哄地開始躁動。

「怎麼了？沒事吧？」

「嗯……不知怎麼的，突然……」

儘管艾莉雅感到困惑，她仍記得現在是典禮的中途。

「唔，對不起。」

「不，沒事就好。」

雖然神父也有些困惑，不過艾莉雅冷靜下來，繼續中斷的典禮。

然而，羅威爾和奧莉珍皺起眉頭，不動聲色地視線相交。

「親愛的……」

「嗯。這是……」

羅威爾和奧莉珍壓低聲音開始交頭接耳。

透過水鏡從頭到尾看著的艾倫覺得不妙，這是女神華爾的定罪，不會錯。

雖然羅威爾與奧莉珍因為看著艾莉雅而完全沒發覺，不過艾倫看見了。坐在他們後面的拉比西耶爾，一臉像是發現了有趣東西的表情。

（怎麼辦！）

雖然典禮繼續進行，不過也許因為不可思議的事使大家心不在焉，周圍人們的氣氛有些奇怪。

這個世界的女神信仰非常堅定，如果在神聖的場所發生任何小事，大家就會開始吵吵嚷嚷這是「不被女神祝福」。

索沃爾在三個月前離婚，本來要三年後才能再婚。他是由於王族的認錯謝罪才被准許的特例。

這個世界大部分的人都因為害怕女神的定罪而想避免經由司法局的離婚調停，要求離婚的貴族真的很少。

女神的定罪會化為可見的形式呈現，身上會浮現烏黑的荊棘斑點，並落下不會劈死人的審判之雷，要人為犯下的罪悔改。

如果搞砸了，貴族被定罪、被女神遺棄，整個家族沒落也不奇怪。

拉比西耶爾看過艾齊兒受到定罪，因此應該已經察覺剛才那是定罪了吧？艾倫思忖著那位腹黑先生一定會說出艾莉雅受到定罪一事。

（有什麼方法能讓大家轉移注意力……對了！）

就在前些日子，不是在父母的結婚儀式上做過嗎？

然而，艾倫的力量無法從精靈界直接把魔法送到人界，必須直接進入結婚會場。目送父母時，奧莉珍提醒她別過來的話掠過腦海，不過艾倫快速地搖搖頭，決定忘了這回事。

（結束後就馬上轉移逃走！）

神父唸完祝賀詞就來不及了。艾倫做好被父母罵的心理準備轉移到人界。

*

在神父唸完祝賀詞，大家拍手祝福，索沃爾與艾莉雅退場之時。

艾倫悄悄地轉移到桌腳用布包覆，裝飾著鮮花的桌子底下，從那裡使用魔法。

（原子序數六號鑽石！）

切割成小塊的鑽石從空中如同麥粒灑落般撒下。

為了呈現夢幻的光景，艾倫增加空氣阻力，讓落下的速度變慢。注意到閃耀飛舞的鑽石光芒，會場裡開始人聲嘈雜。

所有人望著上空，被落下的鑽石光芒所吸引。經由從教會彩色玻璃射進的光芒照射之下，鑽石閃耀著七彩顏色。

「這是……」

雖然索沃爾十分驚訝，不過他立刻想到這或許是兄長做的。是他拜託精靈的吧？真是體貼的人。索沃爾臉上浮現幸福的笑容。

他身旁的艾莉雅也從驚訝的表情變為笑臉。

大家都伸手去觸摸灑落的光芒，光芒卻都像雪花般忽然消失了。

艾倫明白讓鑽石留著就會搞砸結婚典禮。就像把拉比西耶爾的信件燒掉那時一樣，她在途中改變構造排列讓鑽石消失。

美麗夢幻的光景是為了讓大家以為這場婚禮是受到女神祝福的。

和艾倫預期的一樣，剛才的不安跟著鑽石一起瞬間消失了。

（很順利吧……？）

艾倫從蓋在桌上的桌布縫隙中偷看婚禮。

她屈身偷偷摸摸地避免被人發現。艾倫望著遠方心想，這時自己的身軀嬌小這點很有利呢，心情真是複雜。

已經被父母發現了吧？她不由得瞥了羅威爾一眼，羅威爾正四下張望尋找艾倫。雖然奧莉珍保持著笑容，但是羅威爾顯得非常慌張。艾倫一想到挨罵的情景就有些臉色蒼白。

（……已經沒問題了，快逃！）

在正要轉移逃走的瞬間，她感受到視線。

（？）

她不由得望向那個方向，正好與第一王子目光相對。

＊

第一王子賈迪爾的內心十分複雜。

為何必須出席姑姑的前夫再婚的結婚典禮呢？

他明白就王室的立場，凡克萊福特家非常重要。

但是表妹被王室領回後，自己一直和鬱悶的她一起生活，雖然也明白離婚原因是姑姑不檢點的行為，但他還是無法誠心祝福。

這時，發生了這一幕。

典禮正要結束的瞬間，從空中慢慢地落下漂亮的石頭。

他一眼就知道那是寶石。因為太漂亮了，他情不自禁地伸出手，寶石卻融化消失。

他吃驚地睜大眼睛，身旁的拉比西耶爾自言自語：「太美妙了。」

「賈迪爾，這是受到精靈祝福的家族，理所當然會發生這種事。」

「是這樣嗎？」

「不知為何我們無法和精靈締結契約，這是王室長年以來的謎團。精靈的力量非常強大，既然不能得到他們的力量，就只能仰賴凡克萊福特家。」

「是。」

「你惦記著艾米爾，所以覺得很沒意思吧？但是憑著私情行動，有可能讓應當保護的人民置身險境。透過這件事你得記住，身為王室成員，行事都有優先順序。」

「是，陛下。」

這就是精靈的祝福啊。賈迪爾對夢幻的光景看得入迷。

再加上看到索沃爾他們幸福的模樣，他覺得有一點羨慕。

王族靠近精靈身邊，精靈就會嚇得逃跑，他透過精靈魔法使明白了這點。小時候，他聽聞自己無法和精靈建立關係，也曾經抱怨過為什麼如此。賈迪爾想起這件事，覺得有些寂寞。

至少讓他觸碰精靈的力量……即使賈迪爾明白這樣不體面，卻忍不住把手伸了出去。

（要是我也能看見精靈就好了……）

他不曉得這樣的心情能否被傳達。不過，偶然間放眼望去，他注意到有個小女孩偷偷摸摸地躲藏了起來。

（……？）

她探頭探腦地偷看典禮。在賈迪爾思考為何她要躲起來偷看之前，比起點綴天空的光芒，他更被那個女孩所吸引。

她有一頭從遠處看也能知其美麗的漂亮銀髮，垂下的輕柔頭髮反射光芒，那頭髮現在正和點綴天空的鑽石同樣放出光芒。

難道……賈迪爾痴痴地凝視著她，和女孩對上了目光。那一瞬間，賈迪爾的心臟怦怦跳。

他說不出話。明明是從遠處看，卻被深深吸引。那個女孩是如此美麗，年紀大約五歲

吧？

他呆呆地看著，女孩露出「糟了！」的表情突然消失了。

「啊……」

她消失了。這麼想的瞬間，夢幻的光景也同時消失了。

＊

之後典禮順利地進行。

擔心艾倫的羅威爾十分慌張，奧莉珍則趕緊和精靈聯絡，要他們尋找艾倫。得知她現在平安地待在精靈城，兩人暗下決心回去後再好好說教，之後仍留在典禮會場。

在自助餐會上，新郎新娘的家族一起用餐。

拉比西耶爾等王族由於警備方面的原因，沒有參加宴會便早早回去。

回去時，拉比西耶爾因為有話對羅威爾說而把他叫來。

「你的女兒沒有參加婚禮啊，太可惜了，我很想讓她見見我的兩個兒子。」

「非常抱歉，因為女兒身體不舒服。」

「這種會被看穿的謊言就不必了。喔……不過對了。」

拉比西耶爾笑嘻嘻地說，羅威爾覺得無趣地瞇起眼睛。他經過羅威爾身邊時對他輕聲說：

「事情變得有趣了呢。」

看到拉比西耶爾笑嘻嘻，羅威爾不動聲色，心裡卻暗叫不好。

艾莉雅的婚禮手套是遮到手肘的類型，所以看不見手腕。

不過他想起了艾齊兒那時所發生的，女神華爾的定罪。

假如艾莉雅的手腕上有荊棘斑點……弟弟不會善罷甘休吧？

「是啊，今天在祝賀的宴席上大家都很開心。」

雖然羅威爾冷靜地回答，卻瞞不過拉比西耶爾。

「是啊。一週後，我在城堡等你們。」

拉比西耶爾如此說道，發出開心的笑聲。

雖然行了臣下之禮目送拉比西耶爾離開，羅威爾卻臉色冷淡且面無表情。

王族全都離去後，躲著的奧莉珍現身了。

「親愛的……」

「嗯，被擺了一道……」

羅威爾忿忿地吐出這句話。

＊

為了更換服裝回到房間的艾莉雅，在侍女的協助下整理頭髮。

正要換衣服時，她拿下手套後便注意到了，手腕上多了淡淡的荊棘斑點。

「這、這是什麼……？」

沒見過的斑點使艾莉雅感到困惑。

這時，從門的另一邊傳來侍女焦急的聲音。

「啊，現在正在更換衣服！」

「如果還穿著衣服就沒問題，讓我進去。」

羅威爾強行進入，艾莉雅一下子臉紅了。

房裡只有自己和侍女們，他到這裡來有什麼事？艾莉雅不禁心波蕩漾。

雖然腦中一隅閃過奧莉珍的身影，不過這是羅威爾第一次來找她，所以她非常高興。

「大、大哥。沒關係，請進。」

她拚命壓抑興奮的聲音，她當然愛著索沃爾，但是一見到羅威爾就心情激動。她無法壓抑這樣的心情，即使明知自己不貞。

（那麼出色的人竟然要成為自己的大哥……）

艾莉雅心跳劇烈、情緒激動。

猛烈開門衝進來的羅威爾和他的妻子令艾莉雅和侍女們嚇了一跳。沒有看到索沃爾的人影。

「妳們出去。」

「是……」

羅威爾的命令使侍女們非常吃驚。

「有我在，沒問題的。」

奧莉珍露出笑容，侍女們互看一眼後便行禮離去。目送侍女們出去的羅威爾冷淡地瞪著艾莉雅。

他的視線使艾莉雅嚇得肩膀晃動，羅威爾逼近她，突然粗魯地抓住她的手臂。

「啊！」

「親愛的，我知道你很生氣，可是別這麼粗魯。」

奧莉珍嘆了一口氣，艾莉雅十分混亂。

為什麼自己得受到這樣的對待？她的心中湧現恐懼。

「看來妳什麼都不知道呢。」

以冷淡的目光俯視她，如此說道的羅威爾很可怕。

艾莉雅全身顫抖，奧莉珍也以冷淡的語調說：

「艾莉雅，妳在女神的婚姻書上做出虛假的誓約呢。」

艾莉雅不懂奧莉珍話裡的意思。

「妳除了我弟弟，還愛慕著其他男人吧？」

羅威爾冷淡的一句話使艾莉雅驚呆了。

「妳的手腕上出現的荊棘斑點，是女神華爾的定罪。」

「定、定罪……？」

「這是妳在神的面前做出虛假誓約的罪證。」

罪。

這些話使艾莉雅臉色發白。

「妳誆騙我弟弟！」

面對羅威爾冷淡的眼神，艾莉雅表情欲哭地否定。

「不，我沒有！」

「沒有？定罪的證據不就在這裡嗎？」

羅威爾忿忿地吐出這句話，奧莉珍察覺到什麼，要羅威爾等等。

「親愛的，她的斑點還很淡喔。」

「……？」

羅威爾疑惑地歪了歪頭。

「也許，她的確愛著索沃爾。」

「什麼……那她為何被定罪？」

「這叫做什麼呢？腳踏兩條船……？」

對這句話感到憤怒的羅威爾追問：「不只對我弟弟，妳也對其他男人賣弄風騷嗎！」艾莉雅哭了。

「妳的罪被王室知道了，傳到索沃爾耳中也只是時間問題。」

聽了這話，艾莉雅呆呆地看著羅威爾。她臉色蒼白，全身開始顫抖。

「親愛的，別說了。」

奧莉珍告誡過於憤怒而失去理智的羅威爾。

羅威爾似乎有此自覺，他尷尬地從奧莉珍身上移開視線。

奧莉珍露出溫柔的笑容原諒羅威爾，然後擁抱他。

「我知道你很愛我和艾倫。」

「可是……」

「這次是運氣不好，那個腹黑先生實在賊運亨通。」

奧莉珍嘻嘻地笑，羅威爾卻露出悲傷的表情。

「艾倫會怎麼說……」

「哎呀，她沒問題的。」

「……」

「她是我們的孩子呀，肯定會做出出乎預料的事。這次不也一樣嗎？」

奧莉珍笑嘻嘻地向羅威爾說明，也許是無言以對，羅威爾緊緊地抱住妻子。

羅威爾與奧莉珍擁抱的身影，令艾莉雅感覺自己心中發出了有什麼壞掉了的聲音。

也許是注意到此，奧莉珍看向她。羅威爾仍抱著奧莉珍，連頭都沒有抬起來。

「吶，艾莉雅。妳有為了替別人贖罪，而把自己的女兒推入火坑的勇氣嗎？」

奧莉珍的這句話使艾莉雅腦中一片空白。

奧莉珍換個說法又說了一次：

「為了替別人贖罪，妳能把自己心愛的女兒當成活祭品獻上嗎？」

「什、妳說什麼！要把拉菲莉亞當成活祭品？」

可見艾莉雅也愛著自己的女兒，奧莉珍微微一笑。

「對於妳所犯下的罪默不作聲的代價是，我們得讓女兒變成犧牲品，答應王室見面的要求。」

罪。

艾莉雅察覺這個字的意思，臉色變得更加蒼白。

她雙腳顫抖快要站不住，不禁跌坐在地上。

「妳差點違背女神的誓約，那個荊棘斑點是華爾姊姊的警告，不要三心二意，請由衷地去愛索沃爾。」

「怎、怎麼會……我沒那個意思……」

「羅威爾不會原諒妳的。因為妳使他最愛的女兒變成犧牲品，因為妳背叛了他最愛的弟弟。如果妳再不改變，就會踏上毀滅的道路。」

「……」

「如果妳有意贖罪，我就讓別人看不見那個斑點。可是，妳自己看得見斑點，看著它為自己的罪悔改吧。」

艾莉雅撲簌簌地掉眼淚，奧莉珍對她施了魔法，讓定罪的證明不會被別人看見。

羅威爾始終不發一語。他看著艾莉雅的目光非常冷淡，表現出不信任。

侍女們目送羅威爾和奧莉珍從房間離開，然後提心吊膽地回到房間。

艾莉雅在房裡呆然地流著淚。

平安回到精靈界的艾倫，一直在水鏡的另一邊看著全部經過。

「…………」

她第一次看到羅威爾那麼失去理智的模樣。

羅威爾全心全意地愛著奧莉珍與艾倫，他絕不寬恕想要破壞這一切的人。而奧莉珍和艾倫也一樣，她們不可能原諒試圖從她們身邊奪走父親的人。

偏偏被陛下看到疑似被定罪的瞬間，而且陛下竟然愉快地想把這件事當成交易籌碼，真的是位腹黑的人。

這次，成為艾倫的嬸嬸的艾莉雅，偏偏在結婚典禮進行時做出虛假的誓約，受到女神華爾定罪。

不，與其說定罪，更像奧莉珍所說的「警告」。

婚姻書的誓約的一部分是「與丈夫互相扶持」，和地球的結婚儀式沒什麼不同。艾莉雅受到警告，換句話說……

「艾莉雅嬸嬸不打算和索沃爾叔叔互相扶持……」

此外她對羅威爾似乎也有非分之想，艾倫不禁皺起眉頭。

如果只是像個粉絲一樣對羅威爾看得入迷，絕對不會發生定罪的情況。

假如對索沃爾沒有愛了，的確會被定罪。僅止於警告表示她愛著索沃爾，但是她卻在典禮進行時一直想著其他男人。

在親屬的結婚典禮知道對方想著這種事，不論當事人作何打算，都令人感覺很差。

她極有可能和只顧自己的艾齊兒是同類。

「但是，有個更加麻煩的人物……」

羅威爾與奧莉珍還沒回來，他們似乎在其他房間講話，直到羅威爾冷靜下來。

再繼續看就太不識趣了，艾倫停止看水鏡。

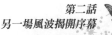

「去偵察敵情吧～」

（這是挑戰書吧？好啊，腹黑先生。）

艾倫微微一笑。

*

艾倫在城堡的書庫裡默默地翻閱書本，在桌上排滿了書籍。她翻出過去的資料，查閱王族受到詛咒的原委。

堆成小山的書快要崩塌，在後方等候的風之大精靈不知所措地看著艾倫。

「大小姐……如果弄得亂七八糟，會受到母親和父親叱責喔。」

「沒問題的，敏特。這是為了偵察敵情，不會被罵的。不，不會惹他們生氣。」

艾倫鎮靜地說，風之大精靈敏特嘆了一口氣。

敏特的外表是年近三十的男性。他是有著一頭綠色長髮的知識型眼鏡帥哥，同時也是城堡的大臣。

至於他為何在艾倫後面不知所措，大概是因為只要艾倫把自己關在城堡的書庫裡，就會被喚醒原本的研究員精神，茶飯不思地持續查閱的關係。

雖然有此自覺，但或許是養成壞習慣了，艾倫很難將這點改正過來。嚴加看管的父母現

在不在，能讓艾倫聽話的人只有敏特。

「如果想知道什麼可以來問我們，有時這樣能更快知道答案。」

「…………」

這麼說也有道理，也就是警察所說的偵查吧。也對，還有這種手段啊。

問人輕鬆得到答案的傢伙在研究員之中名聲極差。因為這個觀念根深蒂固，所以艾倫在腦中排除了這個方法。

艾倫猛烈地抬起頭，單刀直入地詢問：

「你知道汀巴爾王族受到精靈詛咒的逸聞嗎？」

「……為什麼大小姐要問這個？」

「我聽媽媽說的。之前我看到王族身上出現黑色霧靄，媽媽說那是精靈的詛咒。」

「難道……妳已經看得見了嗎？」

知道艾倫看得見，敏特發出驚叫。

「但是，對大小姐來說應該還太早……」

「不能這樣說。我說過了，這是偵察敵情。」

「敵人是指……？」

說明完事情原委，敏特臉色大變。

「那群傢伙……還沒學到教訓嗎！」

他露出尖牙，容貌從原本的帥哥變成相差甚遠的般若，指甲變尖，周圍有風咻咻地打旋，書本唰啦唰啦地被吹走。艾倫從他的樣子確信敏特知道這件事。

「敏特。」

「……啊！大小姐，非常抱歉……」

敏特看到艾倫的臉，瞬間從般若的相貌恢復原狀，他面色蒼白。

「你知道吧？」

艾倫笑著逼近，敏特面色蒼白地發抖。

*

父母從典禮回來了，他們兩人顯得十分憔悴。後來艾倫都沒有透過水鏡窺視，看來在那之後也發生了什麼事。

「我們回來了……」

「你們回來啦。爸爸、媽媽，辛苦了！」

他們大概知道艾倫透過水鏡看了全部的經過，羅威爾小聲地說：「抱歉……」

精疲力盡的羅威爾正想抱起艾倫時，突然停止動作僵住了。

艾倫在遠處偷偷摸摸地窺視這邊。

從她的樣子看來，她似乎知道自己會挨罵，也可以理解成她隨時準備在羅威爾發怒時逃走。這時羅威爾想起來了，艾倫偷偷溜出精靈城，在典禮進行時獻上祝福。

「艾倫……」

「什麼事……？」

看到尷尬地忸忸怩怩的艾倫，羅威爾感到無力。

女兒的小動作十分療癒人心。總之現在，他很想抱抱艾倫。

「我沒有生氣，過來吧。謝謝妳祝福索沃爾。」

「……好！」

笑咪咪的艾倫撲向羅威爾張開的手臂。

接住她的羅威爾像抱著珍寶般擁抱艾倫，在旁邊露出微笑看著他們的奧莉珍開口說：

「艾倫，妳有看到吧？」

「有，是腹黑先生的挑戰書吧？」

艾倫粲然一笑，羅威爾看到後心裡噗通噗通跳。

奧莉珍在旁邊大笑。

「果然！真不愧是羅威爾的孩子，一模一樣！」

「媽媽，想不到妳會這麼說。」

「怎麼會！」

被說很像明明該高興，羅威爾對女兒的反應悶悶不樂。「女兒或許是叛逆期……」他不知在嘀咕什麼。

「媽媽，我聽敏特說了。」

「哎呀，什麼事？」

「王室的詛咒。」

「…………」

聽了艾倫的話，早知會如此的奧莉珍苦笑。

羅威爾在旁邊不敢置信地看著艾倫，他臉色蒼白。

「艾倫很溫柔，所以我想妳或許會想解開詛咒。可是精靈們不會饒恕他們，不會對那場慘劇還有那些同胞的慘叫和怨恨之聲寬恕。」

「…………」

沒錯，事件發生在兩百年前。

起因是在汀巴爾王國發生了魔物風暴。

王室會要求交出精靈王是有原因的。

因為魔物風暴，國家陷入危機。

但是，精靈不可能輕易地答應交出精靈王，所以王室將手伸向禁忌。

汀巴爾王室的森林中，有一座連接精靈界與人界的門，王室打算強行潛入。許多精靈成了犧牲品。

王室的那個詛咒，是變成犧牲品的精靈們遺恨的證據。

「不，我並不溫柔。」

艾倫笑嘻嘻地反駁。

「反倒覺得不曉得為何被詛咒，卻悠哉地存活的王室非常厚顏無恥。」

艾倫的笑容令奧莉珍的臉微微抽動。

奧莉珍察覺在艾倫後面臉色蒼白的敏特，然後嘆了一口氣。

「往出乎預料的方向發展了呢……」

但是，有人聽了這話非常高興。

「真不愧是我的女兒！」

羅威爾的話令艾倫愁眉苦臉地說：

「爸爸，想不到你會這麼說。」

「為什麼！」

「艾倫離叛逆期還早啊～」羅威爾一邊這麼大叫一邊又緊緊地抱住艾倫。

（抱緊～）

艾倫難受地連續敲打羅威爾的頭，察覺到父親不知為何悶悶不樂。

「爸爸……？」

「艾倫，抱歉……」

羅威爾緊緊地抱住她，艾倫溫柔地拍拍他的背。

「爸爸，我身上的確流著人類的血液。我最喜歡奶奶、爺爺、索沃爾叔叔了。啊，還有艾伯特叔叔。」

艾伯特的名字也被附加上去，這大概出乎羅威爾的預料，他噗哧一笑。

身為精靈的女兒，無法饒恕王室的所作所為。而身為羅威爾的女兒，也不能允許凡克萊福特家一族被王室利用。

明明隨心所欲地利用至今，一知道羅威爾與艾倫的存在就突然改變態度，厚臉皮也該有個限度。

「我是爸爸的孩子，也是媽媽的孩子，這是我引以為傲的事。爸爸這麼煩惱，這才令我想不透。」

「嗯……」

「但是，我不允許王室隨隨便便就想借助精靈的力量。」

「咦？」

「因為不知道罪孽深重，才會這樣悠哉地開口吧？」

「嗯……」

「呵呵呵。」

艾倫黑暗的微笑令周圍的精靈們嚇得發抖。

目睹這個情況的奧莉珍若無其事地說：「果然是羅威爾的孩子。」

「話說爸爸媽媽好像很累，在那之後發生了什麼事嗎？我只有看到你們和艾莉雅嬸嬸說話的那邊……」

「啊……」

大概是想起來了，羅威爾十分苦惱。

「那個笨蛋，自己向索沃爾揭露了罪行。」

「咦……？」

太離譜了吧？艾倫眨了眨眼。

＊

新娘去更換服裝卻一直沒回來，賓客開始對此議論紛紛。雖然向賓客做出新娘身體不舒服的說明並就此結束典禮，但在後來索沃爾擔心地在艾莉雅身旁照料她時，她卻坦承自己因為愛慕羅威爾而受到定罪。

「不是！我不敢相信這麼出色的人將成為我的大哥，因為太高興所以……！」

「……」

「我沒想到會變成這樣。我試著努力，希望和大哥打好關係，可是大哥非常冷淡……我心想是不是被他討厭了，心裡覺得不安，腦子裡一直想著這件事……」

「光是這樣就受到女神定罪……？」

果然會覺得可疑吧？索沃爾察覺不止如此。

「艾莉雅……」

「不是！我、我愛的人是你！」

艾莉雅拚命地為自己辯護，索沃爾動搖了。但是，艾莉雅的下一句話觸怒了索沃爾。

「因為王室察覺到我被定罪，所以藉機吵著要見大哥的孩子，大哥因此怪罪於我……太過分了，我沒那個意思啊！王室為什麼不能和他的孩子見面？這不是天大的好事嗎？為什麼我會被大哥討厭！」

「艾莉雅，妳……妳說什麼！」

索沃爾面無血色的模樣使艾莉雅忘了哭泣，愣在原地。

「艾莉雅……我愛妳，卻無法將妳迎入家門，理由我應該說過很多次了。」

「嗯、嗯……」

「我們凡克萊福特家是如何受到王室擺布，我以為妳能夠理解！」

「啊……」

因為索沃爾的話她才想起來的吧。

凡克萊福特家不希望和王室接觸。

雖說艾莉雅並不知道艾倫他們的情形，但是她應該能夠理解凡克萊福特家為何強烈拒絕與王室接觸。

「我暫時不想看到妳的臉……」

索沃爾吐出這句話，返回自己的房間。

「啊！老公、老公！」

艾莉雅想要哀求，索沃爾卻在她面前甩上門，阻隔了道路。

*

「在那之後，索沃爾向母親說明了理由，家裡掀起雷霆風暴喔～」

「我也氣得說我不回家了，不太恰當呢……母親和羅倫很想見艾倫啊……」

聽了這話，艾倫啞口無言。

雖說是兄長被抓住了弱點，但那也是緣由於艾莉雅愛慕其他男人，她甚至因此被女神定罪。此外，索沃爾發過誓，不讓王室接觸兄長重要的女兒，而艾莉雅卻害艾倫得被交到王室面前，卻還聲稱自己沒有錯。

艾莉雅因愛慕羅威爾而被定罪，她還真是有勇氣向他坦承一切啊。索沃爾不禁這麼想。

「……難道她以為坦承就會被原諒？」

羅威爾他們都那樣警告過她了，她卻完全沒有自己因愛慕其他男人而被定罪的意識。

如果她以索沃爾為第一順位考量，應該會立刻想到這個家與王室不和。

「真是驚人的場面呢。」

奧莉珍笑著說，艾倫卻覺得她的臉色十分陰沉。

可是周圍的精靈們都覺得……

這家人，全都很黑暗。

聽了大概的情況，艾倫非常擔心索沃爾。

「索沃爾叔叔……好可憐。」

艾倫十分沮喪，羅威爾慌忙撫摸她的頭。

羅威爾也很難受。好不容易能夠回家，這種場面卻使得兄弟的感情惡化。

羅威爾也不希望如此，他不禁嘆息：「到底該怎麼辦？」

「爸爸，如果是艾莉雅嬸嬸不在的時候，可以去找奶奶嗎？」

「艾莉雅不在的時候？」

「因為，這樣下去只會和索沃爾叔叔感情變差。可能會對必須經營的事業產生阻礙喔。」

「唔嗯～……」

「被艾莉雅嬸嬸發現再轉移逃走就好啦！」

「呵呵……」

宛如只是玩你追我跑般，艾倫以輕鬆的語調說道。羅威爾笑了。

「是啊，如果連我們都感情變差就本末倒置了。而且我警告過索沃爾了。」

「爸爸……你之前就有發覺嗎？」

「因為從以前就不缺這種話題……」

雖然那時的桃花全都被艾齊兒趕走了，羅威爾望著遠方這麼說。令人再次感受到艾齊兒的執著。

「啊～可是……我都當面嗆說不回去了，現在有點不敢回去……」

「我也一起去！」

艾倫舉手，羅威爾睜大了眼睛。

「我想見奶奶、爺爺和索沃爾叔叔～！啊，還有艾伯特叔叔。」

「呵呵呵呵……」

艾伯特果然是順便啊？羅威爾憋住笑，艾倫接著說：

「爸爸、爸爸！我想見奶奶～！」

她拍打羅威爾的肚子，苦笑的羅威爾直呼：「知道了知道了。」

「真的是……多麼聰明的孩子。」

「呵呵呵，很像你啊。」

羅威爾發覺艾倫利用自己編造了讓他回老家的機會，因而有些悲傷地說。奧莉珍對他們投以慈愛的眼神。

「爸爸，明天就回去吧，好嗎？」

「咦？太倉促啦……爸爸才剛說不敢回去，妳就要測試我的覺悟啊……？」

羅威爾苦笑道。艾倫一本正經地說：

「也許，這樣下去艾莉雅嬸嬸會被王室殺掉。」

艾倫的話就連羅威爾等人也意想不到，他們睜大眼睛倒吸一口氣。

「雖說王室會提出這件事進行交涉，但陛下不是這麼簡單就會放過凡克萊福特家的人。姑且不論會不會拿此事來交涉，如果艾莉雅嬸嬸受到定罪一事被知道，爸爸就很難待在凡克萊福特家。這樣下去要是爸爸不回人界，那位腹黑先生絕對不會饒恕造成原因的元凶。」

艾倫如此斷言。

＊

艾倫被羅威爾抱著站在老家門口，注意到的園丁慌忙跑去叫羅倫。

羅威爾態度淡然，直接走向宅邸。

「羅威爾少爺！喔喔喔，艾倫大小姐——！」

「爺爺！爺爺～！」

艾倫在羅威爾的手臂中亂動，羅威爾露出苦笑放她下來。在被放下的同時，艾倫大叫「我好想你！」並撲向羅倫的懷中。

緊緊地接住她的羅倫，身上有十分講究的香氣。

「好久不見，艾倫大小姐。」

「爺爺，我好想你！」

艾倫笑咪咪的，羅倫喜笑顏開。

「爸爸說不回老家，我很生氣喔！」

她怒氣沖沖地說，不只羅倫，在場的女僕與園丁，甚至羅威爾也露出鬆懈的表情。

艾倫坐立不安，她心想「喂，附和一下啊」並不快地盯著羅威爾，他卻正在發揮溺愛本能，心裡想著：「我家孩子真可愛～」

（不行了，這傢伙。）

「我想見奶奶！」

為了岔開話題，她一直重複著想見奶奶的話，於是羅倫回答：「那我帶妳去奶奶的房間。」

「羅倫大人，夫人該怎麼辦？」

「就說有客人來訪，告訴她別離開房間。」

「知道了。」

羅倫如此命令女僕，艾倫卻很慌張。

「爺爺，爺爺，我想見艾莉雅嬸嬸。」

女僕們聽了艾倫的話倒吸一口氣，艾倫說有話想要跟她說，羅倫馬上同意了。

不過，羅倫沒有忘記悄悄詢問羅威爾：「這是怎麼一回事？」但羅威爾自己也沒聽說艾倫要和艾莉雅直接談談，所以對於女兒的發言感到不高興。

「也去叫索沃爾過來，是和王室有關的事。」

立刻推測到要談什麼事的羅威爾不高興地說，也察覺到了什麼的羅倫沒有繼續追問，便去叫伊莎貝拉。

他們並非被帶到會客室，而是談話室等候。突然房門發出「砰！」的豪邁聲音打開了。

艾倫被聲響嚇到，伊莎貝拉從門後精神抖擻地現身。
「艾倫！我好想妳！」
「奶奶～！」
兩人緊緊相擁，羅威爾看著她們露出苦笑。
「老爺去叫夫人了，馬上就會過來。」
羅倫如此說道，並且開始興沖沖地準備茶水。
艾倫被伊莎貝拉緊緊抱住，就這樣以被抱著的姿勢坐上沙發。
（抱緊～）
「啊～～艾倫，奶奶好寂寞呀～」
伊莎貝拉的頭在她臉頰上按著旋轉磨蹭，這家人果然是血脈相連！
「母親，艾倫很難受。」
「哎呀！對不起呀，艾倫。我太高興了……」
伊莎貝拉鬆開手臂，艾倫好不容易「呼啊」地喘了一口氣。
這一家人真的都很像，遲早會被擁抱壓死。艾倫不由得望向遠方。
「我也好想奶奶！」
她笑咪咪地說。「艾倫……」伊莎貝拉淚眼汪汪。
「咦？奶奶？」

艾倫陷入混亂吃驚地問，伊莎貝拉拿出手帕一邊拭淚一邊難過地說：

「喔……我心想羅威爾總算回來，這個家變得有希望了……正當此時卻發生那件事，我似乎太鬆懈了。」

伊莎貝拉淒涼地說，艾倫不禁抱緊她。

長年離家的大兒子總算回來，並且和妻女建立了幸福的家庭。再加上艾齊兒被掃地出門，小兒子也和心愛的女人再婚。

正覺得一帆風順、幸福降臨的時候，索沃爾的妻子受到定罪，還被王室發現。

羅威爾因為這件事發怒，宣稱不再回家。

幸福轉瞬間崩潰，令伊莎貝拉十分痛心。

「沒事的，奶奶。我是奶奶的同伴！爸爸昨天一回來就說他不再回老家，我很生氣喔！」

她又怒氣沖沖地說，伊莎貝拉真的哭了。

「奶奶，別哭了。」

「抱歉，不是的，我很高興喔。不知為何，我覺得有艾倫在，這些事都不算什麼了……我好高興。」

「奶奶……」

伊莎貝拉的話使她心波蕩漾。

既然如此，只得鼎力相助。艾倫下定了決心。

「母親……艾倫會得意忘形，到此為止吧。」

「等一下，羅威爾，你想從我身邊搶走艾倫嗎？我不會讓你得逞的！」

因為又被緊緊抱住，艾倫難受地喘氣。

「啾嗚……」

「母親！母親！勒住艾倫了！」

「啊～～艾倫！」

艾倫被羅威爾相救，總算能夠呼吸。

這時索沃爾來了。

「索沃爾叔叔～！」

「沒有鬍鬚耶～！」艾倫大叫著抱住他，開心的索沃爾緊緊抱住艾倫。

「好久不見，艾倫。」

「嗯，恭喜叔叔結婚。我沒辦法參加婚禮，對不起。」

「不會，謝謝妳。有妳這份心意就夠了，因為王室也來了嘛。」

「嗯。對了，沒有鬍子，叔叔更帥了！」

「喔，是、是嗎……？」

害羞的索沃爾抱著艾倫，艾倫對著他咯咯笑。有人在艾倫背後發出了倒吸一口氣的聲音，她轉頭一看，原來是艾莉雅。

艾倫確認四周，她的孩子拉菲莉亞似乎不在。

艾倫說想要下來，索沃爾慢慢地放下她。

她面向艾莉雅，行了淑女之禮後自我介紹。

「初次見面，艾莉雅嬸嬸。我是羅威爾的女兒，叫做艾倫。」

艾莉雅睜大眼睛全身僵硬，索沃爾冷淡地叫她回禮。

她戰戰兢兢，拘謹地回應。看到艾倫的臉，她似乎想起了羅威爾的妻子奧莉珍，臉色有些蒼白。

艾倫似乎對她沒興趣了，於是回到伊莎貝拉身邊。羅威爾、艾倫和伊莎貝拉依序坐在沙發上，索沃爾與艾莉雅則坐在他們的對面。

羅威爾甚至不向艾莉雅打招呼，連目光相對都覺得討厭，他非常不高興。「這下嚴重了……」艾倫在內心嘆了一口氣。

她轉頭看對面的艾莉雅，艾莉雅在偷看羅威爾，她的眼神火熱，艾倫因此立刻推測出，即使事情變成這樣她也毫無罪惡感。

其他人察覺到艾莉雅的樣子，連伊莎貝拉與羅倫都開始散發出刺人的氛圍。

「大哥，你要對艾莉雅說什麼……？」

「不是我，是艾倫。」

「咦？」

「對。有話要對艾莉雅孀孀說的人是我。」

她說完微微一笑。艾莉雅感到困惑，她以面對小孩的笑容看著艾倫。

（啊，被看扁了！）

艾莉雅沒想到接下來，眼前的這個孩子將把她推落恐懼的山谷。

（不過這是現實。）

艾倫嚴肅地回看眼前的艾莉雅。

「艾莉雅孀孀，我知道妳被定罪的理由，因此我直接來找妳談。與其說談，不如說是警告。」

「咦……」

大概是艾倫的話令她感到困惑，艾莉雅東張西望，以求助的目光看向索沃爾。

「艾倫和她的外表相差甚遠。雖然和拉菲莉亞同年紀，但是已經和大哥一起幫忙凡克萊福特家的事業，妳要仔細聽艾倫說的話。」

「這、這是怎麼一回事……？」

「妳受到定罪，是媽媽顧慮索沃爾叔叔，所以施了魔法不讓別人看見證據。但是妳不聽忠告，對叔叔坦承了。本來失去隱瞞目的的魔法會解開，不過被別人看到會讓事情更複雜，所以魔法維持原樣。這是媽媽託我帶來的口信。」

「我、我沒那個意思……」

「妳以為說出來索沃爾叔叔就會原諒妳嗎？還是想得到同情？結婚典禮進行時妳滿腦子想著其他男人，這樣坦承誰會原諒妳？妳在侮辱凡克萊福特家。」

艾倫語氣險峻地說。「沒錯。」伊莎貝拉也同意。

「虧妳聽過艾齊兒的事，卻和艾齊兒做出同樣的事。」

她的話使艾莉雅臉色蒼白。艾齊兒的下場在全國傳得沸沸揚揚。

「我、我沒那個意思！我是家庭新成員啊！當然希望大哥喜歡我啊！」

「妳承認自己的心思不單純，所以華爾姊姊才會定罪。」

艾倫的話使艾莉雅從喉嚨發出低吟。

雖然索沃爾很難受，但仍一直忍耐著。

「不、不可能！小孩子怎麼會懂這種事？我的心情只有我才懂！」

「我懂啊。」

「妳、妳說什麼……？」

「沃爾姊姊是洞悉一切的女神，華爾姊姊是定罪的女神。這兩人是一體的，因此被稱為雙女神。要看穿妳的心，一點也不費事。」

「什麼？這是什麼意思……？」

「妳手腕上定罪的證據誰也看不見，但是陛下察覺到妳受到定罪一事。」

「讓陛下逮到和你們接觸的機會，非常抱歉……」

索沃爾向艾倫鞠躬。公爵世家當家向孩子低頭的模樣使艾莉雅難以置信地睜大眼睛。

「並不是索沃爾叔叔的錯，即使沒有這件事，也能預料到王室會試著接觸我們，只不過是時間早晚的問題，請別在意。」

艾倫微微一笑，索沃爾十分慚愧苦惱。

「艾莉雅嬸嬸，凡克萊福特家對王室來說是不可缺少的家族，無論如何都會伺機試圖接觸。」

「這、這我知道，因為大哥是英雄啊。」

「不對。」

艾莉雅被嚴厲地否定，她的嘴角微微歪斜。

「王室對這個家糾纏不休，是因為爸爸的力量。」

「大哥的力量……？」

「沒錯。爸爸的力量超越人的境界，國家想要他的戰力。妳因為自己任性的行動，造就了戰力被國家所削弱的原因。現在正處於這個階段。」

「……！」

索沃爾他們總算察覺到事情的嚴重性。

「因為妳，害怕與索沃爾叔叔感情變差的爸爸，才會宣稱不再回老家。」

「怎麼會……可、可是，那和王室有什麼關係……」

「王室知道後會怎麼做？王室希望他待在這個家成為戰力，卻因為妳而無法確保這股力量會存在。實際上，現在在周邊諸國冒起的戰火，在爸爸歸來的事傳遍後便熄滅了。爸爸光是名聲就有如此的力量。」

「咦……？戰、戰火……？戰爭？」

「如果讓阻礙者消失，也許英雄就會回來。王室會如此盤算吧？只要犧牲一個人就能迴避戰爭。」

「阻礙……者……犧牲……」

「就是妳，艾莉雅嬸嬸。」

妳處於小命被王室盯上的立場。艾倫發出警告。

艾倫的話不只令艾莉雅目瞪口呆，索沃爾也睜大眼睛。

「我們父女被陛下傳喚，話題一定和妳有關。如果妳和艾齊兒是同樣的狀況，陛下會笑著開口問我吧？『需要幫你想辦法嗎？』像這樣。」

「想……想辦法……」

「誰知道會是如何呢？總之會儘快讓妳從我們眼前消失吧？索沃爾叔叔又恢復單身的話，陛下就會安排能當成自己棋子的對象，準備相親的機會。明明發生了艾齊兒的事，為何王族還會出席叔叔的結婚典禮？王室是為了評定妳。」

「不……不——！」

艾莉雅總算能理解事情有多可怕，她嚇得全身顫抖，兩眼含淚。

「妳還要冒著生命危險對爸爸存有非分之想嗎？喔，不過在那之前我們母女會先制裁妳。」

艾莉雅哭著直搖頭。

「艾莉雅，我知道妳一直支持索沃爾，索沃爾也受到妳的支持。艾齊兒消失後，索沃爾非常高興終於能和妳成婚……看了羅威爾一眼就愛上他的女性非常多，妳也是其中之一，這也許是沒辦法的事。可是，妳對索沃爾的愛已經不見了嗎？」

伊莎貝拉難過地拭淚，艾莉雅大喊：「沒有！」

「不是！不是的！我沒有那個意思，我只是很高興有了那麼出色的大哥……我愛的人是索沃爾！」

「雖然覺得妳的主張和女神的定罪差異太大……那麼，請先停止對爸爸露出討人厭的目光。還有別再辯解了，妳應該向叔叔謝罪。」

「老……老公……對不起……」

索沃爾露出十分困擾的表情嘆氣。

「艾齊兒還在的時候，我受到妳的支持是事實……要是沒有妳和拉菲莉亞，也許我無法堅持住……」

大家靜靜地聽索沃爾說話。

「我……我想相信艾莉雅。」

索沃爾宛如在對自己說似的嘟囔著，他的話令艾莉雅喜形於色。

「老公……！」

但是其他人沉默不語，冷眼看待艾莉雅。失去一次的信任不會立刻恢復。

「嗯，算了。」

艾倫淡淡地說，大家一齊看著她。

「我的話和女神華爾的定罪都僅止於警告，今後如果願意悔改就沒問題。」

艾倫笑嘻嘻，艾莉雅露出放心的表情。

「但是，假如妳今後再背叛索沃爾叔叔，請妳要做好覺悟。」

「嗯，是啊。到時候定罪的證據也會變得清楚……再來就必須公開真正的事實了。」

伊莎貝拉平靜地說，不過這對於平民艾莉雅而言，等於宣告公爵世家將與她為敵。

在凡克萊福特家領地居民眼中，能輕易想像激怒領主會有何下場。

這意味著艾莉雅一族將全都成為處罰的對象。

「怎、怎麼這樣……」

「哎呀，是妳惹出來的事喔。本來，如果索沃爾現在不原諒妳，離婚後會向妳請求賠償金喔，雖然不是妳家付得起的金額。啊，拉菲莉亞是繼承人，所以不會還給妳。」

聽了伊莎貝拉的話，艾莉雅總算認清現實，當場愣在原地。

「艾莉雅嬸嬸。」

聽到艾倫叫自己，艾莉雅吃驚地看著她。

「如果妳想搶走爸爸，我們母女是不會饒恕妳的。我們會慢慢地，並且確實地擊潰妳，請做好覺悟。」

艾倫笑嘻嘻地說，艾莉雅也許是緊張過了頭而突然昏厥了。

*

艾倫被羅威爾和伊莎貝拉緊緊地抱住。

把艾莉雅揹到寢室的索沃爾回來了，他的表情鬆了一口氣。

「索沃爾叔叔。」

「喔，艾倫。抱歉……我讓才八歲的孩子說這些話……」

「不，我只是忍不住了才說的。抱歉我多管閒事……」

艾倫陰鬱地用雙手緊緊抓住裙子，索沃爾苦笑著撫摸她的頭。

「艾倫，謝謝妳。要是照那樣下去，家族說不定會分裂。我和艾莉雅……還有大哥也……」

索沃爾突然抬起頭，雖然表情有點難過，但卻面帶微笑。

「遲早都會變成這樣，早點遇到也能早點覺悟，也容易下決斷，我覺得這樣也不錯。艾倫，謝謝妳。」

「索沃爾叔叔……」

她鼻子一酸，但是還有一件事必須向索沃爾道歉。

「抱歉，其實不只這些。」

「什麼意思……？」

「我媽媽是女神，雙女神是媽媽的姊姊。」

她臉上笑咪咪地說，索沃爾睜大眼睛。

「因為是媽媽的親屬的結婚典禮，所以特別來監看。然後……得知了艾莉雅嬸嬸愛慕爸爸的事，兩位女神對艾莉雅嬸嬸感到憤怒……」

原本對丈夫以外的男人抱持好感並不會被定罪。

貴族常策略聯姻，艾齊兒與索沃爾的關係也是如此。

一般而言，這種事情是不可能演變成這麼大的事情的。

「雙女神……？」

「艾莉雅嬸嬸觸怒了雙女神。」

索沃爾倒吸一口氣的模樣令人心痛。

「因為有我在，家裡應該沒事。但是，艾莉雅嬸嬸的身邊今後也會糾紛不斷，請不要讓艾莉雅嬸嬸參與家裡的事業，她有可能毀掉這個家。」

艾倫非常抱歉地說。索沃爾微笑道：「謝謝妳的忠告。」

（喔，真是個好人……）

這樣的人總是遇到不講理的事，實在太可憐了。艾倫偷偷地拜託兩位女神。

（請讓幸福降臨到索沃爾叔叔身上。）

忽然間，感覺遠方似乎傳來一個聲音說：「了解了，艾倫。交給我吧！」

（咦……？難道是沃爾姊姊？）

似乎被看透心思了。

「對了，艾倫，妳何時要和王室見面？」

伊莎貝拉突然開口詢問，艾倫一臉摸不著頭緒。

「嗯……六天後？是嗎？爸爸。」

「嗯……啊～討厭討厭討厭……」

羅威爾無力的聲音在房間裡迴響。

就那麼討厭去和王室見面嗎？艾倫驚訝地看著羅威爾，察覺到的羅威爾說：

「因為艾倫不知道，所以才能這麼平靜。那傢伙一開口就挖苦人。」

「沒問題的，爸爸。」

艾倫充滿自信地說，羅威爾露出苦笑。

「艾倫果然很像我啊……」

「也許喔。」

「咦！艾倫，再說一次！」

「想不到我竟然很像爸爸。」

「為什麼——！」

艾倫很像爸爸啊～一定是這樣啊～羅威爾抱著艾倫像詛咒般嘟囔。老實說真的很煩，艾倫的眼神道出心思。

「是喔……六天後呢。」

伊莎貝拉不管父女的對話，自言自語地說著什麼。

奶奶怎麼了？艾倫納悶了。

「羅威爾！艾倫暫時留在我這邊！」

伊莎貝拉的發言使羅威爾和艾倫同時發出一聲「啥？」。

「既然是王室傳喚，就得準備衣服……來人，來人啊！」

伊莎貝拉叫女僕過來，艾倫和羅威爾睜大眼睛。

「好，叫女裁縫師來量尺寸吧，艾倫。」

看到伊莎貝拉笑嘻嘻的模樣，艾倫打了個寒顫。

＊

女裁縫師們量完尺寸，艾倫筋疲力盡之時，女裁縫師攤開色彩豐富的布匹，和伊莎貝拉只顧著討論「這個不好，那個也不好」。

艾倫趁機悄悄地溜出房間，碰巧在走廊遇到索沃爾，他露出苦笑道歉。

「母親一直很想要女兒，所以才會那麼拚命。」

「奶奶她？」

聽了這話是不會覺得討厭，但艾倫不會只讓自己遭殃。

她對索沃爾露出笑容。「那，接下來輪到索沃爾叔叔了」艾倫突然轉換話題。

「咦……？」

「化妝師！過來——！」

「是、是！馬上過去！」

聽到艾倫呼叫，女僕慌忙從其他房間跑出來回應。

「艾、艾倫……？」

「只有我遇到這種事，索沃爾叔叔不覺得沒道理嗎？所以你也要遇到同樣的事！」

「咦……？」

索沃爾驚慌失措，這是怎麼回事？

「爸爸！我知道你偷偷躲起來了！如果不想遭受第二次被害，就把索沃爾叔叔抓起來！」

「知道了，艾倫。」

羅威爾笑嘻嘻地抓住索沃爾。

「大、大哥？你怎能只顧自己……！」

「原諒我，索沃爾。我贏不了女兒。」

這是能笑著下定論的事嗎？索沃爾的哀號在宅邸裡迴響。

*

艾倫向女僕下達各種指示。

「把浸過熱水擰乾的濕毛巾放在叔叔的眼睛上面。」

「是！」

「咦……眼睛？」

「索沃爾叔叔，你睡不好吧？黑眼圈很深喔。」

「喔……喔。」

過度煩惱艾莉雅和家裡的事，讓他沒辦法好好睡一覺。犀利的眼睛出現清楚的黑眼圈，使眼神更加銳利。

「熱敷眼睛就能減輕黑眼圈。這樣很舒服，就當作被騙，試試看吧。」

躺在床上的索沃爾，提心吊膽地讓他們熱敷眼睛。

過了一會兒，索沃爾睡著了，羅威爾發現後驚叫出聲。

「咦……索沃爾竟然會在別人面前睡著。」

騎士索沃爾很淺眠，是會立刻醒來的體質。準備了濕毛巾的女僕擔心地說：

「老爺很難入睡，因為睡眠不足經常頭痛。」

「這可不行，他壓力也很大吧？得準備能讓他心情安定的東西。」

艾倫被使命感所驅使，她腦中思考著有哪些東西是有助於放鬆的，然後注意到某件事。

「艾倫，妳又在打什麼主意……？」

「爸爸，想不到你會這麼說！」

她氣呼呼地說，決定眼下先專心在索沃爾的事情上。

「之後再教訓爸爸，現在就先放過你。化妝師，接下來照我說的去做。」

「呃，是……」

「我……要被女兒教訓？」

羅威爾聽了女兒的話愣在原地，艾倫不管他，握緊拳頭開始索沃爾的形象大改造。

＊

前世的艾倫是童顏，為了設法掩蓋這點，她很努力化妝。

她原本就很矮，就算穿高跟鞋想蒙混過去也只是杯水車薪。可是，容貌藉由化妝可以大幅改變。

「眉毛的修整方式……從鼻翼到眼尾的上方是眉梢，到這裡是眉毛的終點，眉頭從眼角稍微偏向眉間。如果是女性，與眼角的距離和男性相比短了一半。啊，眼梢的正上方叫做眉山，從正面觀看時從眼睛到這之間畫成曲線，對對……」

男性的眉毛若修整筆直就會有強悍的印象，不過索沃爾的眉毛修成有稜角&弧形，表現出智慧與溫柔。他原本的氣質就銳利強悍，為了緩和，要增添溫柔的感覺。

「大家常常以為化妝師是為了女性而生，但是男性若好好打理也會閃閃發亮，光是眉毛和髮型就能使印象大為改變。」

艾倫如此說明，其他化妝師與羅倫頻頻點頭。

為何羅倫在這裡？雖然心裡覺得奇怪，但她決定不放在心上，如果感到介意大概就是她輸了。這時索沃爾總算醒來了。

「……咦？我……」

「因為老爺很累，所以睡了一會兒。」

羅倫平靜地回答，索沃爾連自己都不敢相信似的眨了眨眼。

「好！既然已經醒了，索沃爾叔叔，來這邊！」

艾倫急忙叫他，讓他坐在理髮師前面。

「咦？咦？」

覺得莫名其妙的索沃爾在艾倫的催促下讓人幫忙整理頭髮，艾倫仔細地向理髮師提出要求。

全部結束後，索沃爾在穿衣鏡前面看著自己的模樣呆住了。

果然打理一下，索沃爾就會十分耀眼。出色的時髦叔叔完成了，艾倫非常歡喜。

「索沃爾叔叔，好帥喔——！」

看起來略顯疲憊的氛圍轉換成魅力，從頭到尾看著改造過程的女僕們發出尖叫聲，拍手鼓掌。

不過是稍微打理一下就判若兩人的索沃爾，令周圍的人也驚呆了。

「咦？咦……？」

索沃爾對旁人的狂熱情緒感到困惑，無法平靜下來。艾倫對他說：

「果然繼承了奶奶的血脈！」

沒錯，判若兩人的索沃爾，微微散發出與羅威爾相似的氣質。銳利的印象維持不變，不過可怕的形象完全改變，變得威風凜凜。

「索沃爾叔叔，叔叔不適合留鬍子，今後就這樣打理吧。我也會嚴格命令化妝師！」

艾倫十分肯定地說，索沃爾困惑地回答：「呃，好……」

（好，令人等不及公開亮相了！）

一直在後面看著的羅威爾小聲地說：「被當成玩具所以遷怒嗎？」艾倫決定當作沒聽見，她立刻帶著索沃爾衝到伊莎貝拉身邊。

「奶奶～！」

艾倫和索沃爾感情很好地手牽手回到伊莎貝拉身邊，埋在更多布匹之中的伊莎貝拉和女裁縫師看著他們露出驚訝的表情。

「哎呀……哎呀呀呀！你是索沃爾嗎！」

「呃，那個……母親……」

「怎麼了？變得這麼帥，哎呀！」

「對吧？索沃爾叔叔判若兩人呢！」

好像不想讓索沃爾逃走似的，艾倫用力揮動緊緊牽住的手。

看到這個樣子，伊莎貝拉開心地露出微笑說：「哎呀呀，感情很好呢。」

「我不會承認的！竟然和艾倫感情很好地牽手……可惡，好羨慕……！」

雖然瞥見躲起來悔恨得咬牙切齒的羅威爾，但艾倫並不在意。

索沃爾對於艾倫的舉動似乎感到困擾，他露出苦笑配合艾倫。

「奶奶，趁這個時候也幫索沃爾叔叔挑衣服吧？」

「哎呀！說得也是！」

「索沃爾，到這裡來。」伊莎貝拉開心地說，感覺從她背後出現了黑色靈氣，察覺到此的索沃爾打了個寒顫。

和剛才艾倫的遭遇完全一樣，看到這幕之後艾倫暗自竊笑地心想：「完全符合計畫！」

過了一陣子，索沃爾仍未被伊莎貝拉放走。

羅倫幫他們泡茶，艾倫與羅威爾度過悠閒的時光。

「我覺得～艾倫應該和爸爸牽手～！」

收回前言。現在，艾倫被鬧彆扭的羅威爾捉住，身上散發出覺得非常厭煩的氣場。

「我平常都有和爸爸牽手啊～」

「不！不夠！」

羅威爾這麼說，把她緊緊地抱住，艾倫覺得很受不了。

「你在嫉妒索沃爾叔叔嗎？那，爸爸也要試試嗎？」

「…………不，我就不必了。」

在房間角落等候的化妝師眼睛發亮，手上拿著化妝道具，但是化妝師立刻被伊莎貝拉叫走離開房間，房裡只剩下艾倫和羅威爾。

「可是，為什麼要對索沃爾做這些事？」

「如果叔叔變帥，她會慌張吧？」

「咦？」

「艾莉雅嬸嬸。然後，我覺得她就會沒時間關注別的男人。」

「……難道妳是想到這點才改造索沃爾的嗎？」

「唔嗯～說真心話，我覺得讓叔叔朝向新的方向前進也不錯。」

「咦……？」

「我只對爸爸說喔。女神的定罪不會隨便進行……也許，艾莉雅嬸嬸對爸爸是認真的……」

「不論誰說什麼，我心裡只有奧莉和艾倫，這點絕對不會改變。我今後不會再和艾莉雅見面。應該說，我根本不想見她，就算她想見我，我也會斷然拒絕絕對不要強烈不要。」

「我知道。」

艾倫苦笑道。

羅威爾似乎把艾莉雅和艾齊兒的形象重疊，他如此厭惡的模樣令艾倫不禁苦笑。從羅威

爾的話能感受到純粹的愛情，她非常開心。

父親的手臂緊緊地抱住她，令她十分安心。

她撒嬌似的把頭斜靠在父親的頸側，羅威爾開心地撫摸艾倫的頭。

「還有……爸爸，你會生氣嗎？」

「什麼？怎麼了嗎？」

「我……為索沃爾叔叔的幸福祈禱了。」

「嗯。」

「然後，我聽到一個聲音說『交給我吧！』」

「咦？」

艾倫無法承受羅威爾凝視的目光，突然扭過臉去。

「啊～艾倫小姐，那是誰的聲音啊～？」

「大概是…………沃爾姊姊。」

父女沉默以對。

「艾倫，這意思是？」

「索沃爾叔叔…………會變得很受歡迎吧？」

啊～羅威爾仰天大叫。

之後，發生了一場大騷亂。

索沃爾到騎士團露面時，所有部下都一臉呆滯，連劍都拿不穩，掉到地上。

騎士受過無論發生任何事都不能把劍放開的訓練，可見他的改變如此令人震驚。

由騎士團開始，沒多久時間這件事便傳遍領地，在貴族之間也口耳相傳。接著，與日俱增的宴會邀請函，使索沃爾多了別的煩惱。

第三話　汀巴爾王室與精靈

終於到了進城的日子，兩人轉移到城門附近。雖然羅倫提議坐馬車，不過羅威爾拒絕，他想要趕快結束討厭的事。

想要趕快逃走時，要是有隨從跟著會很麻煩。

「啊————……討厭討厭討厭……」

「爸爸，嘆氣也沒用，好好地做個了斷吧！」

「艾倫，為什麼妳這麼好戰……？」

「老實說，就算一次也好，我想和腹黑先生直接談談。」

「該怎麼說呢，我心裡只有可怕的預感……」

羅威爾如此說道然後抱著艾倫進城。

看到羅威爾突然出現，擦身而過的路人都驚呆了。

凡克萊福特家因為艾齊兒而拒絕與王室接觸，所以謁見的一連串事件很快地傳開了。而且羅威爾還抱著孩子，究竟發生了什麼事？城裡各種傳聞傳得鋪天蓋地。

羅威爾無視人聲鼎沸，在騎士的帶領下來到辦公室，拉比西耶爾已經在裡面等候。

「喔～我等你很久了，羅威爾。還有小公主。」

拉比西耶爾笑容滿面，被放下來的艾倫微微一笑，行了淑女之禮。

「陛下萬安。我是羅威爾的女兒，叫做艾倫。」

「啊～我聽艾伯特說了。不過這真是太出色了！」

拉比西耶爾一看到艾倫就露出笑容，艾倫不由得感到不快，但她注意著別讓不快顯露在臉上。她長得像不像羅威爾很重要嗎？

「不好意思突然叫妳過來。艾倫，我很想見妳一面。」

「這樣啊。」

雖然艾倫擠出笑容，卻完全沒有開心的樣子，拉比西耶爾更加綻放笑容。

「哎呀，真的是羅威爾的女兒，沒想到這麼像。」

「恕我冒昧，想不到您會這麼說。」

「艾倫！」

羅威爾一邊說「太過分了！」一邊抱緊女兒，拉比西耶爾第一次看到他這個樣子，因而張大嘴巴。

（抱緊～）

「艾倫，最近妳是怎麼了！叛逆期嗎！」

「爸爸，露出真面目嘍。」

「啊？」

羅威爾一臉大事不妙的表情，然後瞪著拉比西耶爾。咦？可以瞪陛下嗎？雖然艾倫心裡這麼想，但羅威爾似乎放棄了什麼，他把艾倫放在大腿上，沉沉地坐上沙發。

「所以，陛下有什麼事呢？我們想早點回去。」

「原本的你這麼開朗啊……」

拉比西耶爾真的很驚訝，羅威爾煩躁地回答：

「因為我從小就被迫忍耐。」

「……因為艾齊兒嗎？」

拉比西耶爾露出苦笑。他平靜地說：「她已經不在了。」

「不在了？」

「她和父王一起被護送到邊境的宅邸了。周圍群山環繞，她應該不會再回到這裡了。」

拉比西耶爾笑著談論自己的親屬，艾倫再一次覺得他果然是個腹黑的傢伙。

「不過索沃爾也很慘呢，再婚對象是和艾齊兒一樣的女人。」

開始了。艾倫他們沉默不語。

「恕我失禮，和艾齊兒一樣是指？」

「你不可能沒發覺吧？在貴族之間已經變成八卦了，再婚對象迷上了成為大哥的英雄什麼的。」

聽了這話，羅威爾忍不住嘖了一聲。

（這樣等於承認啦，爸爸……）

「爸爸。」

艾倫告誡他，他才突然察覺。抱歉，羅威爾嘆了一口氣。

「是怎樣的八卦？」

「這不是能讓小公主聽到的事吧。」

「那是謊話吧？陛下確信我聽得懂才會提起吧？」

「……」

拉比西耶爾眼睛稍微睜大，下一瞬間變成非常開心的笑臉。

「哦，怪不得能說服艾伯特。太出色了。」

「陛下是個討厭的人呢。艾伯特叔叔多次陳訴凡克萊福特家的困境，陛下卻乘人之危利用他，一變得礙手礙腳就立刻與他斷絕來往。」

艾倫微微一笑，拉比西耶爾若無其事地回答：「那又如何？」

「不，沒什麼。說真的，讓他當雙面間諜也不錯，不過因為不需要，所以不用繼續當了，而且也沒價值了。」

「喔……艾伯特沒價值了？」

「陛下和我的價值觀看來有出入。艾伯特叔叔不適合當間諜，僅僅如此。」

艾倫笑嘻嘻地這麼說，拉比西耶爾忍不住開始大笑。

「超乎預期啊！羅威爾，你太厲害了，竟然生出這樣的孩子！」

拉比西耶爾笑了好一會兒，然後對艾倫說：

「既然如此，那妳知道吧？索沃爾的八卦的原委。」

「……這是要對答案嗎？」

「是啊，說說看。」

「雖然陛下為了與爸爸交涉而利用了那個八卦，不過在交涉前八卦傳開，依常理能想成是陛下洩漏的。不過陛下做這種事無法得到任何好處，也就是說，八卦的來源極有可能是第三者……利用消去法，可以推測正是王妃。」

「太精彩了。」

沒錯，正因是女人，所以直覺很準。

艾莉雅的視線在第三者眼中清楚可見且易懂，一定是被看到了。

雖然王室在中途離席，不過在那之後，新娘放聲大哭沒回到典禮上的事，想必立刻傳入了王室耳中。

輕易地散布公爵世家的傳聞，之後不曉得會有什麼後果。這麼想來，散布者應該與公爵世家地位同等，或者是地位更高的貴族。

由此導出的答案，隨著疑問變成人們的傳聞甚囂塵上。

「啊～太精彩了。」

「陛下……」

羅威爾瞪著拉比西耶爾。

「有必要生氣嗎？定罪的事我一句話也沒洩漏喔。」

「定罪？是指什麼？」

艾倫不以為然地回話，拉比西耶爾自信滿滿地說：「女神華爾的定罪啊。」

「受到定罪會發生什麼事？」

「妳在說什麼？就是不能接近男人啊。」

「……」

艾倫仰頭看著羅威爾，問他是指什麼事。

「誰知道呢？」

羅威爾也乘機裝糊塗。拉比西耶爾笑著說：「不用隱瞞了。」

「手腕上會浮現荊棘斑點吧？要是隱瞞，之後會很困擾喔。」

「哪有什麼困擾。最近艾莉雅嬸嬸搶了傭人的工作自己做了菜喔，還挽起洋裝的袖子。」

「……什麼？」

「我沒看過什麼荊棘斑點。陛下可以去問我們家的傭人，大家應該會異口同聲地說沒見過吧。」

雖然拉比西耶爾面不改色，卻緊閉雙唇，猶豫著該如何回答。

因為正在思考，所以沒辦法開口吧。

「爸爸，我們被王室討厭了呢。我沒想到王室會散布毫無根據的謠言。」

「真的呢，艾倫。真不愉快，我們回去吧。」

「好，爸爸。」

羅威爾抱著艾倫從沙發上站起來，拉比西耶爾有些焦急。

「哎呀，等等。如果不是事實，那我針對這點道歉，我也會向妻子說清楚。」

「不過，八卦已經傳開了吧？這樣沒意義啊。」

「沒那回事。妻子經常出入社交界，她可以告訴大家這個八卦純屬空穴來風。」

「這樣做好嗎？」

「為何不好？」

拉比西耶爾臉上浮現又驚又喜的表情。

「剛才不是說要對答案嗎？八卦的來源是王妃啊，如果收回前言那可就……」

艾倫笑嘻嘻地說，拉比西耶爾這次不再假笑。

拉比西耶爾臉上浮現的笑容散發出醜惡的氣氛。但是，因為外表原本就好看，即使是這樣的拉比西耶爾也宛如一幅畫，真是不可思議。人帥就能被原諒，就是指這一回事吧。

拉比西耶爾是金髮碧眼的俊美青年，和艾齊兒一點也不像。直順長髮鬆弛地綁成一束往旁邊垂下。雖然體格纖瘦，不過骨骼粗壯，所以沒半點纖弱的印象。

少了笑容就如此走樣，艾倫覺得他的腹黑程度不可估量。

「呵呵……我沒想到會有這麼大的能耐。」

坐在沙發上的拉比西耶爾姿勢放鬆，蹺起二郎腿，開心地笑著。

「八卦就這麼放任不管好嗎？」

「原本陛下就是這麼打算的吧？王妃在散布別人家的八卦前，應該有事先找陛下商量。既然陛下沒有阻止，不就等於故意散布八卦嗎？」

艾倫鎮靜地說，拉比西耶爾笑咪咪的，一副真的很開心的樣子。

「吶，艾倫，要不要當我的女兒？」

拉比西耶爾唐突的衝擊性發言，令父女倆張口結舌。

「陛下！我說過要限制您與我的家人的接觸！」

「咦～？可是這麼聰明的孩子別處找不到了吧？我想要啊。」

「我拒絕。我的爸爸只有爸爸一人！」

艾倫以被抱著的姿勢，緊緊抱住羅威爾的脖子，羅威爾發出感動的聲音。

「艾倫！」

撒嬌的艾倫真是可愛。看著羅威爾逗弄女兒，拉比西耶爾嘆了一口氣。

「英雄的真面目竟然是這樣，我的兩個兒子真可憐……」

「我是無所謂啦。」

別人幻滅也無所謂，羅威爾面無表情地回答。艾倫忍不住笑了。

「嗯，算了。不然來介紹一下吧。」

「不，不用了。」

「來人！把兩位王子叫來。」

聽到拉比西耶爾的話，在隔壁房間待命的騎士回答：「知道了！」

「艾倫，妳一定也會喜歡他們的。我的大兒子十二歲，老二九歲，因為是我的兒子，所以頭腦和外貌都很不錯喔，很受其他淑女們的歡迎。」

「是看上家世、外貌、金錢和權力嗎？」

艾倫歪著頭說，拉比西耶爾忍不住發出笑聲。

「是啊，她們的父母是看上這些吧？可是她們自己不一樣喔，純粹是愛慕我這兩個兒子。」

「很受歡迎的話我就不要了！爸爸，回家吧。」

「好啊。」

「羅威爾……你的女兒究竟是何許人也？」

說出的話全都被堵回來，拉比西耶爾忍不住嘆氣。

「陛下不可能贏得了我的女兒，就連我這個父親也贏不了了。」

雖然拉比西耶爾以為他在開玩笑，打算一笑置之，但羅威爾的話語卻讓他莫名心服。

從剛才的對答便顯露出，羅威爾的女兒擁有連大人都比不上的聰明才智。

不僅繼承精靈的血統，而且腦筋轉得快，國家無論如何都想要這樣的人才。

如果其他國家知道羅威爾的女兒繼承了精靈的血統，可能會舉全國之力爭奪。

在演變至此之前，無論如何都想要得到羅威爾的女兒。

正因如此，他才策劃了讓她被迫與兩個兒子會面的場合，可是超乎想像的事接二連三地發生。

「艾倫，如果我的兩個兒子能讓妳中意就好了。」

「外貌之類的，我已經看慣爸爸和媽媽了，大概很難看上眼。話說，我們與王室……」

正好在艾倫想要開口說重要的事時，近衛通報兩位王子到了。

被打斷的艾倫只能沉默。她很後悔，在兩位王子被叫來之前應該先說的。

「嗯，進來。」

「父王，失禮了。」

「失禮了。」

兩位王子嚴肅地行禮走進來，他們看見艾倫和羅威爾後睜大眼睛，非常吃驚。

「大兒子賈迪爾，和老二拉蘇耶爾。你們兩個，這是英雄羅威爾和他的女兒艾倫。」

拉比西耶爾如此介紹道，兩位王子步調一致地行禮。

之前在索沃爾的結婚典禮會場見過面，所以已經知道兩位王子的模樣。

話說回來，她偷偷待在會場的事被賈迪爾發現了吧。艾倫的腦子不停轉動，思考著該如何岔開話題。

兩人和那時不同，也許是親眼目睹英雄而莫名興奮，臉頰發紅。

羅威爾深深地嘆息，然後把艾倫放下來，姑且行了臣下之禮並自我介紹：「我是羅威爾・凡克萊福特。」

艾倫也仿效爸爸，行了淑女之禮說：「我是女兒艾倫。」

「我是賈迪爾・拉爾・汀巴爾。能見到你是我的榮幸。」

「我叫做拉蘇耶爾・拉爾・汀巴爾。你、你真的是那位英雄嗎？」

尤其是弟弟，見到眼前的英雄幾乎快要撲上去。他十分憧憬夢幻故事中的英雄。

「喂，拉蘇耶爾，太失禮了。」

「啊，對不起……」

從他被哥哥責備的樣子看來，可知兩人感情不錯。

儘管兩人的模樣十分溫和，艾倫卻臉部抽搐。

這兩人與拉比西耶爾緊密地血脈相連。

在婚禮會場的時候是遠遠看到，而且因為在意會不會被發現所以沒注意到。但是現在，精靈詛咒就要冒出似的在周圍打旋。

「……艾倫？」

羅威爾敏銳地察覺到女兒非比尋常的模樣，他屈膝探頭看向艾倫的臉。

拉比西耶爾似乎誤會了，他開心地露出欣慰的眼神。

「艾倫，妳在害羞嗎？」

艾倫沒有餘力回話諷刺他。她的臉色逐漸變得蒼白，旁人也納悶，覺得奇怪。

「妳不舒服嗎？」

賈迪爾擔心艾倫而靠近她。

「不要靠近我！」

艾倫看到賈迪爾後害怕地後退。但是，她的眼睛沒有盯著賈迪爾。

艾倫突然的拒絕使王室的人驚訝地睜大眼睛。

羅威爾立刻察覺艾倫被詛咒影響，就在他抱著艾倫遠離王子之時。

雖然不高興，但賈迪爾仍擔心艾倫。「氣色不好的話，去沙發上坐下吧。」他伸出手。

艾倫的喉嚨發出「咻」的聲音。

圍繞賈迪爾的詛咒察覺到女神的孩子的存在，為了尋求協助一口氣撲向艾倫。

「不要啊啊啊啊啊啊！」

艾倫驚聲尖叫，拉比西耶爾和兩位王子身上一齊噴出黑色霧靄。

其他人似乎也看見了，待命的一群近衛異常緊張。

「陛下！王子！發生什麼事了！」

「唔……！這、這是什麼……」

站不住的兩位王子已經倒在地上。他們躺著一動也不動，也許已經昏過去了。

拉比西耶爾還睜著眼睛，但是被霧靄籠罩的身體變得愈來愈沉重，儘管坐在沙發上卻也快要倒下。

霧靄朝著驚叫的艾倫漸漸擴散，然後逐漸逼近。

從霧靄發出許多「救我！好痛！救我！」的呼聲。

「住手！住手！為何要做這種殘酷的事！」

艾倫聽到悲痛的聲音大聲哭叫，羅威爾啐了一口。

「所以我才不想讓他們見面啊！」

他急忙抱起艾倫，瞬間轉移回到奧莉珍身邊。

在精靈界，城堡裡的人透過水鏡察看著情況，他們看到艾倫的樣子非常驚慌。

奧莉珍從羅威爾手中接過混亂的女兒，溫柔地抱緊她。

「沒事的。已經沒事了，艾倫。睡一下吧。」

奧莉珍撫摸艾倫的頭，艾倫的意識一下子變得模糊不清，蔓延的絕望突然不見了。

奧莉珍把手放在精疲力竭的女兒額頭上，她輕聲說：「發燒了～」然後抱著她朝寢室走去，讓她睡覺。

這時她對羅威爾說：「另一邊也很混亂，你去看看吧。」

「奧莉，艾倫沒事吧？」

「沒事，果然還太早了。」

「嗯，果然不該讓他們見面的……」

羅威爾非常後悔，奧莉珍笑著說：

「親愛的，可以跟對方說詛咒的事嘍。那些腹黑的傢伙，現在應該聽到變成犧牲品的精靈們的聲音了，他們總會察覺的。」

「……他們看得見那個詛咒嗎？」

「因為艾倫呢。發覺女神血脈的精靈們墮落的靈魂，希望艾倫拯救他們而伸出手……」

奧莉珍撫摸在手臂中睡著的艾倫的額頭，然後給予女神之吻。

「去吧，讓那些腹黑的傢伙落入絕望！」

妻子露出燦爛的笑容，羅威爾不禁嘆了一口氣。

現場十分混亂，醫生被緊急叫來，許多傭人與近衛照顧著拉比西耶爾，並四處奔走確認昏厥的兩位王子平安與否。

「剛才……那是什麼……」

拉比西耶爾一邊與無法捉摸的沉沉霧靄搏鬥，一邊設法搞清楚現狀。這時，羅威爾在他眼前現身。

*

在看到他的瞬間，近衛們身上迸出殺氣。

「陛下，知道了長年以來尋覓的答案，感想如何？」

羅威爾冷冷地開口，他的態度令周圍的人十分緊張。

「那是……那個叫喊是……」

「所以我在那時才拜託你別和我的家人接觸，因為我知道會發生這種事。」

「這是怎麼回事……那個叫喊是什麼？為何從我們身上出現黑色霧靄……」

「哦～還沒發覺表示殿下內心十分混亂呢，實在不像聰明的您。」

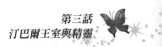

「羅威爾閣下！」

近衛的怒吼聲打斷他的話。這一切對拉比西耶爾來說很震撼吧，也許他心裡十分明白，只是不想承認。

「我們不能接近王室的人就是這個原因。被那個聲音拖住，我們可能會不省人事。」

羅威爾痛苦地顏面歪斜，近衛們不知該如何是好，看著拉比西耶爾尋求指示。

「這……為什麼是我們？」

「陛下有察覺吧？請去問您的祖先。」

羅威爾拋下這些話，近衛身上又迸出殺氣，但拉比西耶爾制止了他們。

「……我的兩個兒子沒事吧？」

「只是受到詛咒的影響，頂多發燒，醒來後張皇失措吧？那麼請多保重。」

羅威爾留下這些話便消失了。

近衛們吵吵嚷嚷，不過拉比西耶爾制止了他們。

「啊……太小看他們的結果啊……」

從艾倫帶來的忠告，他以為王室只是被精靈們討厭。

但是從自己和兩個兒子身上冒出的黑色霧靄的真面目告訴他，不僅僅是那樣。

「被怨恨了嗎……」

艾倫的哭喊聲仍縈繞在耳際。

事到如今他才知道，祖先對精靈做出的事，竟會讓後代付出如此巨大的代價。

拉比西耶爾站起來想要去王室的書庫找資料確認，但他的腳步卻突然踉蹌。

「不可啊，陛下！請休息吧！」
近衛的叫聲聽起來很遙遠，身體無法隨他所想行動，他嘖了一聲。
拉比西耶爾感到頭暈目眩，他自嘲真不像樣，然後失去了意識。

*

那件事之後過了幾個月。
賈迪爾和拉蘇耶爾兩人前往凡克萊福特家，他們手上捧著花束。
總管羅倫在門口迎接，這已是常見的場面。
「殿下……無論您們來幾次，都見不到艾倫大小姐的。」
羅倫的表情不變，只是淡淡地這麼說。
「只要看一眼就行了……」
「不行嗎？」
被陛下傳喚，初次見面的那一天。
兩人無法忘記在英雄的懷抱中看著他們的，美麗眼眸的美少女。
賈迪爾在索沃爾的結婚典禮會場看過艾倫。賈迪爾發覺她就是當時的少女，無論如何他都想和艾倫說說話，而伸出了手。

他覺得在結婚典禮上看到的少女一定是精靈。那麼漂亮的女孩是精靈，這樣就說得通了。既然是精靈，身為王室的自己就無法接近她，所以那時候他們目光相對，她才會逃走的吧。

當她自我介紹是英雄的女兒時，賈迪爾不敢相信自己的眼睛。他自我介紹的聲音因為高興而發抖。

但是，少女看見自己後臉色發白，他因此感到不安。

他想，自己親眼目睹了精靈害怕地逃走的場面。

他想否定這一切，所以伸出手。可是，眼前只有絕望。

在那之後，醒來的兄弟倆十分驚慌。從黑色霧靄聽到那些怨恨聲、哭喊著痛楚，懇求住手的人們的聲音，在那之後，變成了怨恨王室的詛咒之聲。

在夢中見到的光景銘刻在腦子裡揮之不去。

人類蹂躪精靈，做盡壞事。之後，強大的精靈們出現，憤怒地虐殺人類，這幅光景栩栩如生。

那名少女在哭泣。為何做出這麼殘酷的事？是啊，為何做出這麼殘酷的事！他也想一起大叫。

可是他在醒來之後受到陛下傳喚，被告知的事使他臉色發青。

那場夢裡發生的事是真實發生過的，而犯下惡行的人，正是王室的祖先。

陛下翻遍了城堡的書庫，總算發現了精靈魔法使隱匿的書籍的其中一部分。

兩百年前的魔物風暴。

當時的國王，為了保護人民而採取了行動。王室被精靈們拋棄將近兩百年，歲月如梭，如今得知被拋棄的原因，現任王室只能臉色發白。

想要擁有保護人民的力量，而向禁忌伸手的祖先。

人類最初把幾名精靈魔法使當成人質，為了救出定下契約的人類，精靈們變成活祭品。負面連鎖不斷重複，精靈們在活著時被魔法束縛身體，然後被折磨，卻不致死。精靈們痛苦的聲音迴盪，精靈的夥伴們聽見聲音，為了拯救同胞而接連不斷現身。

在那裡，人類強行抓住精靈並重複同樣的行為。

中途斷氣的精靈們塞滿周圍，即使如此，為了固定連接精靈界的門，許多精靈被當成道具。

門總算開啟時，卻出現了盛怒的大精靈們。

『卑鄙的人類！竟做出罪孽深重的事！』

他們把精靈魔法使一個接一個剁碎，人類看到大精靈後驚慌失措。

有的人瞬間被燒成灰燼，有的人被塞進用水做成的球體中，無法呼吸痛苦掙扎。巨石接

連碰撞，輕易地壓扁人類，和剛才的立場瞬間對調。

附近一帶化為血海，隨著到來的寂靜，更加憤怒的一句話被撂下：

『你們的王在哪裡？』

精靈們露出憤怒的表情，人類終於醒悟他們惹到不該惹的對象。

*

拜訪凡克萊福特家吃閉門羹的人，最近不見了。

他們前往凡克萊福特家時，總是帶著簡單的禮品。有女孩用的飾品、甜點、花束等等。

羅倫總是在門口迎接他們，堅稱艾倫不在宅邸內。為了讓他們相信，就像提出證據似的，有時會讓他們進入家裡。即使如此，他們仍無法與艾倫見上一面。

陛下告訴兩位王子，艾倫繼承了精靈的血統，兄弟倆覺得無論如何也要向艾倫道歉。既然她是精靈，身為王室血脈的他們必須謝罪。

聽說艾倫和他們一樣弄壞了身體，回到了精靈界。可是，他們無論如何都想當面道歉，而且不願放棄。他們想見她一面。

聽說艾倫的父親羅威爾有在出入凡克萊福特家，所以他們試圖與他交涉，想要當面談談，因此多次不請自來。

每年都會舉行精靈祭。在祭典最後，王室會在森林裡的石碑前祈禱，但他們沒有聽說在石碑前祈禱的理由。

王室被精靈拋棄兩百年，因此在據說與精靈界連接的這座森林，他們只被教導：祈禱是為了求得精靈的回應。

但是如今可以斷言事實並非如此。那些怨恨聲，在夢中見到的慘劇，正是發生在這石碑所在的地方。

＊

這一天，一如往常前往凡克萊福特家的兩人，因為發生不同以往的事件，令他們感到困惑。

若是平時，頂多喝杯茶，被告知今天也見不上艾倫，兩人便會垂頭喪氣地回去。不過今天，他們在中途遇見了陌生的少女。

「你們是誰？」

那是一名栗子色頭髮，樸素可愛的少女。她呆呆地歪著頭的模樣，令兄弟倆面面相覷。

「妳是這個家的人嗎？」

「這裡是我家啊。」

「什麼？妳父親的名字是羅威爾嗎……？」

「那是伯伯的名字，我爸爸叫做索沃爾。」

是索沃爾的女兒啊？拉蘇耶爾驚訝地嘟噥，女孩板著臉說：

「你們是誰？為什麼在我家？」

「妳沒聽羅倫說嗎……？」

「羅倫？他什麼也沒跟我說啊！」

少女突然發怒，兩人都驚呆了。

「老是這樣，都說和媽媽還有我無關，什麼都不告訴我們。堂姊妹艾倫明明和我同年紀，女僕們都說她會和爸爸他們一起聊天，當我們是外人，很過分吧？」

「艾倫！妳說艾倫嗎！」

「艾倫在嗎！」

兄弟倆氣勢洶洶地追問，一開始愣住的少女漸漸火冒三丈。

「大家只知道艾倫、艾倫！為什麼！連我也沒見過啊！」

「妳沒見過自己的堂姊妹？」

「對啊！都不讓我們見面。爸爸和伯伯，女僕和羅倫都不讓我們見面。我很想向她發牢騷啊！」

「發牢騷？」

少女似乎沒有察覺賈迪爾一臉疑惑，她繼續說：

「對啊！我是這個家的繼承人吧？大家卻只念著艾倫艾倫！我也很努力學習啊，你們不覺得很過分嗎？」

少女怒氣沖沖，兄弟倆面面相覷。雖然他們見不到艾倫，但沒想到連堂姊妹也沒見過她。

他們被告知艾倫是非常重要的人，賈迪爾心想也許這就是原因。

「妳也見不到啊……我們也見不到。」

「是喔……不過為什麼你們想見艾倫？」

「我們一直想當面道歉，來過這個家好幾次了。」

「好幾次……啊！是你們啊？總是帶著禮物來的人！」

「呃，嗯……那又怎……」

「我都沒有禮物，為什麼只送給艾倫？既然來拜訪這個家，也要送給我啊！」

少女主張她應該也要有禮物，兄弟倆只能目瞪口呆。

這時，來迎接兄弟倆的羅倫正好發現她。

「拉菲莉亞二小姐，您在做什麼？」

「……因為有人在，只是說說話而已。」

少女的名字似乎叫拉菲莉亞。兄弟倆第一次遇上如此高壓的少女而感到不知所措，他們見到羅倫來了，覺得鬆了一口氣。

「殿下，非常抱歉，發生了什麼事嗎？」

「不，沒事。今天我們就先回去了。」

「知道了。」

「殿下……咦？是王子嗎！」

少女發出尖叫聲，羅倫叱責她：

「拉菲莉亞二小姐！」

「唉喲……」

少女的表情不斷變化，賈迪爾噗哧一笑。

賈迪爾的表情使拉菲莉亞臉紅了。

「不、不要笑啦！」

「啊，抱歉。」

「拉菲莉亞二小姐，對殿下怎能這樣說話！謹慎一點！殿下……非常抱歉，馬車已在外頭等候了。」

「嗯，知道了。拉菲莉亞……」

「什麼事……？」

「下次來的時候，我也會帶禮物給妳。再見。」

賈迪爾說完後轉身，從他背後傳來歡呼聲，然後又聽見羅倫的叱責聲蓋過她的聲音。

賈迪爾哧哧地笑，乘上迎接的馬車，坐在對面的弟弟覺得很罕見地說：

「大哥，你很開心呢。」

「嗯，因為第一次遇到別人以那種態度說話。」

「不就是個沒禮貌的女孩嗎？」

弟弟好像不能理解似的皺起眉頭，哥哥回答「的確。」然後又笑了。

後來，他們三人經常聊天。

並沒有花上太多時間，年幼的他們感情就變好了。

*

每年會在固定的日子舉行精靈祭。

他們見不到艾倫，就這樣過了幾年。兄弟倆不知不覺也開始在石碑前祈禱，向過去的精靈們，也向艾倫。

雖然多次拜訪凡克萊福特家，但現在已經變成只是去和拉菲莉亞一起玩耍。

但是，每次見到這塊石碑，就會想起烙印在腦海裡的美麗少女。

再見她一眼就好。

兩人只是如此祈願。

王室全體出席精靈祭的儀式並在石碑前祈禱結束後，兩位王子仍持續靜靜祈禱的身影，在這幾年變得理所當然。

面對石碑，兄弟倆聊著在這一年發生的事。

「這段期間，發生了這些事。」

「大哥，不能說謊啊！那不是大哥害的嗎！」

「抱歉抱歉。然後啊，我們倆去凡克萊福特家玩，可是妳不在——」

「吶，艾倫，我們想向妳道歉。我們遲早能見面吧？妳在那之後外表有何變化呢？」

「只要看一眼就好，我好想見妳……」

兄弟倆沒去參加祭典，他們面對石碑交談著，直到天黑。

跨越交界，在相當於石碑背面的地方。

艾倫每年都會抱膝坐在那，一邊撲簌簌地落淚，一邊聽著兩人說話的聲音直到聽不見，但兩人並不知情。

艾倫在汀巴爾城堡裡中了王室的詛咒後臥床不起許久，她在夢中看到王室詛咒的部分經過。

她醒來後哭著告訴奧莉珍這些，而奧莉珍說出了一切。

＊

汀巴爾的國王為了取得力量拯救人民，決意前往精靈界。

但是，他還不知道連接精靈界的門位在何處。

即使詢問精靈，他們也不可能告訴國王。正因如此，為了查明場所，國王向精靈魔法使尋求協助。

最初被當成人質的精靈魔法使，是為了國家才自願當人質。

定下契約的精靈們是單純受騙，任人擺布。愛慕著精靈的那些精靈魔法使，大概也沒預料到事態會演變至此。

慘劇發展至無法挽回的局面，震怒的大精靈們降下制裁。

「大精靈們啊，也不是想要詛咒國王。他們想讓國王明白自己幹了什麼事，於是施了魔法讓他聽到同胞們的叫喊聲。」

然而犧牲的精靈的冤魂趁機利用那股力量，心懷怨恨，襲擊國王。

「那個時代的國王直到死前都持續聽著精靈們的叫喊聲。可是國王死後，精靈的詛咒失去了去處，為了尋求退路，詛咒便緊跟著國王的血脈。」

「這就是，王室的詛咒……」

「艾倫，能理解人類和精靈的想法的妳，得知事實後會怎麼做？」

「媽媽，我……」

艾倫一直思考著。向她求助的靈魂們的叫喊聲，那些叫喊聲，純粹是為了求得解放。

「媽媽……比起人類、比起現在活著的精靈，我更想實現被囚禁的同胞聲嘶力竭的心願……」

每次回想起當時的事，她的淚珠就會撲簌簌地掉下來。

他們重複著當時承受的痛苦、屈辱與苦難，以及無處宣洩的憤怒。

只能向憤怒的根源——國王發洩的精靈們，最大的心願是從不斷重複的苦難中解放。

「艾倫……我一直覺得，如果是我心地善良的女兒，一定會這麼說。」

奧莉珍輕輕一笑，對於提出答案的艾倫並未生氣，而是微笑。

人類已經遺忘精靈承受過的苦難，對這件事感到憤怒是理所當然的。

雖是直系，但國王的血脈受到的詛咒代代逐漸轉淡。然而，同胞的靈魂並未得到解放，

同胞所承受的苦難，已經無法對這個時代的王室造成影響。

受盡苦難的同胞的冤魂，還要受苦到何時呢？

「為了避免重複當時的慘劇，我們應該承繼絕不原諒王室的想法。我……能夠解放冤魂嗎？」

「我認為很困難……」

奧莉珍很抱歉地說，但是艾倫並不打算依賴奧莉珍的地位與力量。

之前並未解開詛咒，是因為精靈們沒有原諒王室。

在分隔兩界的石碑背面，艾倫一直聽著兩位王子的聲音。

得知精靈詛咒的真正意義的兩名王子打從心底謝罪。

人類的想法、精靈的想法、求助的同胞的心願。

夾在中間的艾倫感到呼吸困難。

「艾倫，我知道妳每年精靈祭都會出門。」

奧莉珍坦白說，艾倫嚇得肩膀晃動。

艾倫也明白自己左右為難。

「也許是不必要的擔心，不過還是先告訴妳。人類與精靈之間，是沒辦法生孩子的。」

「……咦？」

（這麼說來，我到底是……？）

「艾倫妳啊，是羅威爾變成半精靈後才出現的奇蹟喔。」

奧莉珍笑著說，艾倫卻臉色蒼白。

「這件事要對爸爸保密喔。本來羅威爾應該在十年前就死了，但我不允許這樣，所以瞞著羅威爾改造了他的身體。」

「媽媽……？」

她話裡的意思令人難以置信。她在說什麼？艾倫的頭腦很混亂。

「人類原本是我造出的人偶，我不過是讓人類擁有自我罷了。雖然我沒想到他們會做出那種事……可是人類同時也是惹人憐愛的存在。持續看著他們，對我們而言也是一種娛樂。」

「……」

「羅威爾擁有我借給他的力量。我只能創造，至於對事物造成影響的力量，只能透過羅威爾使用。那段時光很長，讓我有足夠的時間適應羅威爾的身體，正因如此，才有了可能性。熟悉我的力量的靈魂與記憶，被我轉移到精靈的素體。可是，雖說非常熟悉我的力量，由於原本是人類的軀體，結為夫婦後還是引起了排斥反應……我的力量太強大了呢。」

這是羅威爾不能回到人界的理由。

「聽說因為爸爸媽媽結為夫婦，爸爸才會半精靈化，不是這樣的嗎……？」

「羅威爾甦醒時，身體已經被改造過了，正因如此，只花了一年他就甦醒了。原本那樣就應該結束了……可是我很愛羅威爾。」

「也就是說……本來不可能結為夫婦的，但是因為結為夫婦，爸爸的力量失控了。」

「嗯，是啊。當時我大吃一驚喔～」

奧莉珍似乎也沒想到會變成這樣。被改造成精靈的身體，又吸收了女神的力量。

他無法承受過度吸收的力量，因此失控，這才是真相。

此外，奧莉珍的力量本質是創造。創造生物的元始之力，混合後創造出了艾倫。

「艾倫。」

奧莉珍抱住艾倫，在她耳邊低聲說：

「雖然由我來說也許不太合適，不過，別再偏袒受到詛咒的人類了。」

這是身為精靈、身為女神、同時也是身為母親的忠告。

後記

初次見面，我叫做松浦。衷心感謝您這次購買了本作。

平時我的興趣是畫畫，沒想到會寫出小說，並在這裡寫下後記。現在我仍掩不住驚訝。

中途，我的慣用手還手指脫臼，復健了很久。這段期間完全無法寫作。

那段時間受到許多人鼓勵，我一點一點地接著寫，能夠像這樣化為實體順利出版，完全是託各位的福。

在網路上聲援我的人、購買了本作的人、閱讀了本作的人、責任編輯K大人、M大人、T大人、校對大人。

為本作畫出超美插畫的keepout大人。真的真的，太感謝您們了！

祈禱能在下一部作品中再和各位見面。非常感謝大家！

廢柴勇者下剋上 1~2 待續

Kadokawa Fantastic Novels

作者：藤川恵蔵　插畫：ぐれーともす

如果不賭上小命去尋找神劍，
這個世界就要毀滅了嗎——？

庫洛順利地把只有勇者才能使用的神劍——聖光劍王者之劍交到勇者的手中。然而，他卻得知神劍的姊妹劍（共計十二把）有超過半數皆下落不明。於是他在聖光劍精靈荷莉的引領（實為威脅）下，開始找尋剩下的神劍……

各 **NT$220/HK$68~73**

國家圖書館出版品預行編目資料

轉生後的我成了英雄爸爸和精靈媽媽的女兒 /
松浦作；蘇聖翔譯. -- 初版. -- 臺北市：臺灣角
川, 2019.12-
冊；　公分
譯自：父は英雄、母は精霊、娘の私は転生者。
ISBN 978-957-743-451-7(第1冊：平裝)

861.57　　108017556

Kadokawa
Fantastic
Novels

轉生後的我成了英雄爸爸和精靈媽媽的女兒 1

（原著名：父は英雄、母は精霊、娘の私は転生者。）

2019年12月4日　初版第1刷發行

作　者：松浦
插　畫：keepout
譯　者：蘇聖翔

發行人：岩崎剛人
總經理：楊淑媄
資深總監：許嘉鴻
總編輯：蔡佩芬
編　輯：蘇涵
美術設計：宋芳茹
印　務：李明修（主任）、張加恩（主任）、張凱棋

發行所：台灣角川股份有限公司
地　址：105台北市光復北路11巷44號5樓
電　話：（02）2747-2433
傳　真：（02）2747-2558
網　址：http://www.kadokawa.com.tw
劃撥帳戶：台灣角川股份有限公司
劃撥帳號：19487412
法律顧問：有澤法律事務所
製　版：尚騰印刷事業有限公司
ＩＳＢＮ：978-957-743-451-7